LEO FISCHER

Der Kaffee am Arsch der Welt

Bibliografische Information der Deutschen Nationalbibliothek
Die Deutsche Nationalbibliothek verzeichnet diese Publikation in der Deutschen Nationalbibliografie. Detaillierte bibliografische Daten sind im Internet über http://dnb.d-nb.de abrufbar.

Für Fragen und Anregungen
info@rivaverlag.de

Originalausgabe
2. Auflage 2019

Nymphenburger Straße 86
D-80636 München
Tel.: 089 651285-0
Fax: 089 652096

Redaktion: Dr. Carina Heer
Umschlaggestaltung: Pamela Machleidt
Umschlagabbildung: shutterstock/akar; shutterstock/Bruce Rolff; Shutterstock/natalia_maroz
Satz: Andreas Linnemann
Druck: GGP Media GmbH, Pößneck
Printed in Germany

ISBN Print 978-3-7423-0946-4
ISBN E-Book (PDF) 978-3-7453-0572-2
ISBN E-Book (EPUB, Mobi) 978-3-7453-0573-9

Für Erzsébet, Adorno und Jürgen

Um alles zu bekommen, was Sie wollen,
müssen Sie einfach nur Sie selbst sein.
Fangen Sie jetzt damit an.
Jetzt!
Nein, nicht so.
Anders.
So auch nicht.
Sie machen es falsch.
Immer noch.
Na ja, selber schuld.

Vorwort

Manchmal, wenn man an nichts denkt und gar nichts will, passieren Dinge.

Warum das so ist, darüber haben sich schon viele kluge Menschen den Kopf zerbrochen. Entweder liegt es an uns unbekannten Effekten auf der Quantenebene, kosmischen Energien oder seltsamen neuen Zusatzstoffen in der Tagescreme – manchmal hat aber auch »Kommissar Zufall« seine Hand im Spiel. Und der scheint es von Zeit zu Zeit besonders gut mit uns zu meinen, als würde er uns einen Wink oder einen kleinen Schubser in die richtige Richtung geben wollen. Ganz so wie ein richtiger Polizist. Vielleicht brauchen wir sie manchmal einfach, auch für unser Leben: Polizisten, die uns herumschubsen.

Der Zufall war in meinem Leben oft mein bester Ratgeber. Als ich in Bio Abitur machte, in der stinkenden Turnhalle unseres schönen Stadtteilgymnasiums, wollte es der Zufall, dass ich das Lösungsbuch in der Umkleide liegen ließ. Ganz so, als hätte es dort nur auf mich gewartet. Ich bewarb mich auf meine erste Stelle als Werkstudent – der Zufall wollte es, dass mein Vater den Personalchef der Firma sehr gut kannte. Ganz von selbst, ohne mein Zutun, bekam ich den Job. Und als es um Beförderungen ging, wollte es der Zufall, dass mein schärfster Rivale in der Firma plötzlich einen tragischen Unfall hatte. Als hätte ich eine Bestellung ans Universum gesendet. Und ans Darknet.

Was ich damit sagen möchte: Wenn wir selbst am wenigsten handeln, dann handelt der Zufall vielleicht umso mehr. Die Hände, die man in den Schoß legt, sind oft am eifrigsten. Gerade in der Pubertät.

Es hat gedauert, bis ich diese einfache Weisheit in mein Herz, meinen Busen habe eindringen lassen – war doch meine private Philosophie lange Zeit eine ganz andere. Mein Leben lang habe ich daran geglaubt, dass sich harte Arbeit letztlich auszahlt. Wenn ich an einer Baustelle in meiner Heimatstadt Frankfurt vorbeiging, nickte ich den Bauarbeitern stets aufmunternd zu. Ja, es stimmt: Anfang vierzig werden eure Gelenke mürbe wie Sahnebaisers sein. Aber vielleicht habt ihr bis dahin ja auch eure Zehn-Zimmer-Wohnung im Westend erarbeitet, die euch darüber hinwegtröstet! Genauso freute ich mich über jedes Bürofenster, das auch nach Feierabend hell erleuchtet war, und gab der Toilettenfrau zum Abschied jedes Mal High five. Weil ich wusste: Tief unter ihrem mürrischen Gehabe brennt diese Frau leidenschaftlich für ihren Beruf.

Ja, die Arbeit! Sie schaffte es, mich zutiefst entspannt und glücklich zu machen. Die Arbeit anderer Leute natürlich! Da ging es mir wie jedem x-beliebigen Daimler-Chef von nebenan. Zu wissen, dass um mich herum die Welt der

Arbeit summte und brummte wie ein Bienenstock, machte mir mein eigenes nichtsnutziges Dasein gleich viel angenehmer. Der Laden läuft, die brauchen mich nicht!

Aber dennoch blieb da stets die Frage, die eine scharfe Sorgenfalte in meinem Gesicht, die langsam nagende Ratte im Rundum-sorglos-Paket: Ist das alles? Reicht es mir schon, dass andere Vierzehnstundentage haben und auf Sechzehnstundentage hinarbeiten, während ich als nichtswürdiger Autor den ganzen Tag auf der Chaiselongue herumfläze und Pralinen verzehre? Ist es okay, mir zur Belohnung Pizza bringen zu lassen, wenn meine Tagesleistung lediglich aus einem fusselfreien Bauchnabel bestanden hat? Und worin liegt der Sinn einer noch so leidenschaftlich durchgeführten Bauchnabelreinigung, wenn ich sicher sein kann, in vier Wochen wieder die gleichen Fussel vorzufinden?

Solche Fragen waren es, die mein Leben beherrschten, als der »Kaffee der Erkenntnis« in mein Leben trat – und alles, mein Denken und Fühlen, komplett auf den Kopf stellte. Bis zu diesem denkwürdigen Augenblick war ich schrecklich verwirrt, ich war desorientiert, und ich war anfällig für extrem simple Botschaften. Kurz, ich war wie eine Person über 60, die zum ersten Mal auf Facebook ist und sofort auf ein rechtsradikales Verschwörungsblog reinfällt. Ich übertreibe nicht: Dies war meine schlimmste Lebenskrise, seit der Rewe nebenan die Flurry-Maschine an der Kasse abgeschafft hatte. Die traditionellen Hausmittel gegen Lebensangst und Unwohlsein – sie alle versagten: Tee, Wadenwickel mit Sternanis und heiße Wannenbäder mit Himbeersirup erwiesen sich als gänzlich wirkungslos. Moxing, Doxing und traditionell tibetische Totenbeschwörung brachten mir nur einen hartnäckigen Poltergeist ein – neue Lebensgeister vermochten sie nicht heranzuschaffen. Ich verschlang die herrlich trump-farbenen Ratgeberbücher aus dem Selbsthilferegal – selbst sie konnten mir nicht helfen. Denn sie alle gingen von der gleichen, letztlich absurden Idee aus: dass ich mein Leben ändern müsste. Oder, schlimmer noch: dass sich die Gesellschaft ändern müsste! Und dazu war ich ehrlich gesagt in keiner Weise bereit. Ich wollte einfach glücklich sein und jede Menge Spaß haben! Ohne ständig an andere Menschen und ihre letztlich irrelevanten Bedürfnisse denken zu müssen!

Wenn ich heute auf meinen vielen Vortragsreisen von meiner Begegnung mit dem Kaffee der Erkenntnis erzähle, halten mich die meisten für einen Märchenerzähler oder einen Scharlatan. Ich sage ihnen dann das Gleiche, was ich damals auch dem Vorsitzenden am Oberlandesgericht Hamburg gesagt habe: »Lebend kriegen Sie mich nie!« Aber ich gebe es natürlich zu: Manchmal kommt auch mir die Geschichte, die ich mir da ausgedacht habe, seltsam irreal vor. Ja, direkt falsch, zutiefst unmoralisch und bis ins Mark verlogen. In diesen Momenten rufe ich meine Agentin an und frage, wie viele Menschen meine Seminare und Vorträge gerade gebucht haben. Das beruhigt mich immer. Das zeigt mir nämlich, dass es auch eine höhere Wahrheit gibt. Eine Wahrheit, die sich nicht mit billigen Schlagwörtern wie »Betrug« fassen lässt – sondern durch rätselhafte Zeichen, unheimliche Symbole oder scheinbar sinnlose Zahlenfolgen wie etwa den Kontostand.

Diesen einen Kaffee, der all das möglich gemacht hat, den habe ich tatsächlich so nie wieder getrunken. Ich habe auch gar nicht versucht, ihn wiederzufinden. Ich weiß, wenn ich ihn brauche, wird er *mich* wiederfinden. Ganz von selbst. Dann steht er eines Tages wieder vor mir. Viel zu heiß, mit Schaum aus H-Milch und einem lieblos reingeschlonzten Herzchen aus Kakaokrümeln. Und wer weiß, vielleicht werde ich mich an jenem Tag mit einer Person unterhalten, die ebenfalls auf der Suche ist. Einer Person, die extra dafür eines meiner sündhaft teuren Einzelseminare gebucht hat. Einer ganz unscheinbaren Person wie etwa Ihnen, die nie im Leben auch nur davon geträumt hätte, sich jemals meinen Stundensatz leisten zu können. Vielleicht warte ich ja schon gerade jetzt bei einem Kaffee am Arsch der Welt – darauf, dass Sie vorbeikommen. Zwinker, zwinker.

Und vielleicht ist es so, dass es diese kleinen, wenn auch sehr teuren Alltagsbegegnungen sind, die unser Leben wirklich lebenswert machen. Vielleicht leiste ich auf diese Weise sogar meinen bescheidenen Beitrag zu einer besseren Welt. Ganz bequem zu Hause, von der Chaiselongue aus. Das haben dann auch Sie möglich gemacht. Durch den Kauf dieses Buchs. Dafür meinerseits schon mal ein recht herzliches Vergeltsgott.

KAPITEL I

Von Taten und Handlungen

Es war eine Situation, die ich meinen schlimmsten Feinden nicht wünsche. Seit einer halben Stunde bewegte sich der ICE von Frankfurt nach Köln keinen Meter. Im Innenraum herrschte eine gereizte, ja vorrevolutionäre Atmosphäre. Keiner wagte es, den ersten Schritt zu tun, aber alle wussten: Ein paar von uns würde es heute noch erwischen. Das zulässige Höchstgewicht des Zugs war überschritten worden, weil wir in Montabaur eine Horde besoffener Nazis aufgenommen hatten. Aufgrund der Beförderungsbedingungen durften sie angeblich nicht einfach rausgeworfen werden. Ein Gesetz, das noch aus der Amtszeit von Gerhard Schröder stammte.

Stattdessen hieß es nun: aussteigen. Alle Gäste ohne Sitzplatzreservierung mussten den Zug verlassen. In Montabaur. Einer Stadt, von der man gar nicht weiß, ob dort jemand lebt, weil sich selbst das Statistische Bundesamt nicht für sie interessiert. Die Stimmung im Zug war zum Schneiden – ähnlich einem Rettungsboot, auf dem demnächst Strohhalme um die erste Hauptmahlzeit gezogen werden.

Ich hatte diese Reise unternommen, weil ich gerne einmal nach Köln fahren wollte. Ein Tapetenwechsel, eine Luftveränderung, ein kleiner gemischter Salat mit Ei im Einerlei des Bockwurstalltags. Keine Stadt war so geeignet wie Köln, um auf gut Glück einfach hinzufahren. Und keine so wie Frankfurt, sie überstürzt zu verlassen.

Frankfurt und Köln, das waren für mich zwei Gegenpole. Hier die völlig durchschnittliche, leicht zurückgebliebene Mittelklassestadt ohne Charme – da die irgendwie abgewetzte, in den Neunzigern stehengebliebene Saftsackmetropole mit Minderwertigkeitskomplex. Und keiner wusste, welche welche war. Zwillinge im Geiste und in den Feinstaubwerten.

Fröln. Krankfurt. Zwei Welten. Eine Sprache. Null Perspektiven. Zwei schillernde Farben auf dem grauen Regenbogen der Durchschnittlichkeit – und ich mittendrin. Den einen Sorgen entfliehen, um neuen entgegenzueilen. Den Akku aufladen, aber mit dem falschen Ladegerät. Kabelbrand, unterversichert, Schufa.

Und nun hüllte die Dämmerung unseren Zug ein, der sich nach wie vor keinen Meter bewegte. Rosa- und orangefarbene Wolken umwirbelten die untergehende Sonne, während zwei pink glänzende Geschäftsmänner in beigefarbenen Plastikjacken mit der Zugbegleiterin diskutierten.

Nachdem die beiden Herren ein paar Mal »Sitzstreik!« gerufen und nach Anerkennung lechzend durchs Abteil gegrient hatten, war es der rührigen Schaffnerin doch irgendwie gelungen, sie zusammen mit einem versprengten Häuflein Elendsgestalten hinaus auf den Bahnsteig zu komplimentieren. Ich mag mich irren, vermeine aber, das Wort »Verzehrbon« gehört zu haben.

War es meine Gutmütigkeit, die mich mit den anderen aus dem Zug getragen hatte – oder schon Selbstaufgabe?

Es war ein bitterkalter Januarabend, ein scharfer Wind pfiff durch die Halle. Der Starbucks-Angestellte, der gerade seinen Laden abschloss, machte ein Gesicht in unsere Richtung, das ich in etwa mit »Plünderer werden erschossen« übersetzen konnte. Ich machte mir keinerlei Illusionen. »Wir werden hier keine zehn Minuten überleben«, sagte meine innere Stimme. Ich war ausnahmsweise geneigt, ihr zuzustimmen.

Ich blickte mich um. Neben den immer noch roh vor sich hin pulsierenden Geschäftsmännern in ihren fleischfarbenen Wursthülsen gab es noch ein junges Studi-Pärchen mit Kind, das hektisch versuchte, Tupperdosen mit Apfelstückchen in irgendwelches Wollgewirk zu stopfen. »Wenn ich mir jetzt den Kinderwagen schnappe und damit auf den einen Geschäftsmann eindresche«, so meine blitzschnell angestellte taktische Überlegung, »wäre der andere Geschäftsmann eventuell für kurze Zeit so abgelenkt, dass ich ihm seine Bäckertüte rauben könnte.« Womöglich könnte ich mit der anderen Hand noch die Tupperdosen mit den Apfelschnitzen abgreifen. »Damit wäre mein Überleben für die nächsten ein, zwei Stunden gesichert«, rechnete ich aus. Und dann konnte ich immer noch weitersehen.

Ich setzte zum Sprung an – doch da räusperte sich jemand neben mir. Ein freundlicher älterer Herr mit einem kräftigen weißen Rauschebart. Er hatte offenbar meine Gedanken gelesen, oder er hatte einfach zugehört, wie ich die ganze Zeit laut mit mir selbst gesprochen hatte, denn er ließ neckisch den Zeigefinger wackeln – die international anerkannte Gebärde für »So nicht!«.

Ich blickte beschämt zu Boden. Die fünf Minuten, die ich hier ratlos am Bahnhof gestanden war, hatten gereicht, das Schlimmste in mir hervorzukehren. War der Bahnhof nicht auch ein gutes Gleichnis für unser Leben? Wir werden irgendwo im Nichts ausgesetzt, ohne Orientierung und mit nur wenigen Apfelstückchen. Und anstatt das Beste aus unserer Situation zu machen, uns gegenseitig zu trösten und zu lieben, gehen wir den anderen sofort an die Gurgel. Oder jedenfalls ich.

Der Herr, der mir so beherzt in den mordlustigen Arm gefallen war, hatte auf Anhieb etwas Sympathisches an sich. Er trug einen kurzen, verstaubten Mantel, darunter ein zerschlissenes Jackett. In seinem Knopfloch steckte eine rote Rose, unter dem Arm trug er eine Mappe mit handschriftlichen Manuskripten. Karl war sein Name. Er war Privatgelehrter, hatte ein Buch über die Situation der Arbeiterklasse und eines über tausend neue Back-Ideen geschrieben – und war nun auf der Flucht vor der preußischen Geheimpolizei. »Es scheint, als hätten wir ein gemeinsames Interesse, junger Freund«, sagte er schmunzelnd zu mir. Ich war ratlos, was er meinte. Er rollte vielsagend mit den Augen. Wollte er – Sex? Das würde zumindest ein Quartier für die Nacht garantieren. Ich versuchte, ähnlich vielsagend zurückzurollen, wirkte dabei aber wohl weitaus weniger eloquent als er.

»Welches Interesse meinen Sie?«

»Betrachten Sie doch einmal den Bahnhof«, schmunzelte er weiter. »Was sehen Sie?«

Ich sah mich um. »Nicht mehr viel. Es ist ja spätabends.«

Er nickte so eifrig, als hätte ich eines der neun Welträtsel gelöst. »Versuchen Sie einmal, den Bahnhof so zu sehen, wie Sie eine Schlagzeile in der Zeitung lesen. ›Spätabends in Montabaur‹.«

Ich konzentrierte mich. Ich hatte meine Fantasie nicht mehr angestrengt, seit ich sieben Jahre alt gewesen war – aber plötzlich stand die Zeitungsschlagzeile direkt vor meinen Augen. Karl hatte sie schnell auf einen Zettel geschrieben, um mir das Gedankenexperiment leichter zu machen.

»Spätabends in Montabaur« stand da.

»Spätabends in Montabaur – ist das eine Situation, in der Sie gerne sind?« Ich blickte noch einmal auf die Geschäftsleute und das Pärchen. Zwischen ihnen gab es offenbar Streit – Streit in der Frage, ob man auf dem Bahnsteig einen Kinderwagen parken dürfe oder ob dadurch gegen irgendwelche Brandvorschriften verstoßen würde, die die beiden Geschäftsleute freihändig improvisierten.

»Ob ich gern in dieser Situation bin? Ich glaube nicht.«

Karl schmunzelte jetzt noch verwegener: »Dann versetzen Sie sich doch jetzt mal in die Rolle desjenigen, der diese Geschichte – Ihre Geschichte! – für die Zeitung aufschreibt. Wie wollen Sie, dass sie endet?«

»Hoffentlich mit mir im Hotel.«

»Dann sollten wir dafür sorgen, dass die Meldung nicht lautet: Fremde erfrieren am Bahnhof. Oder nicht?«

Bei Gott, das war es! Karl hatte recht. Taten waren irgendwie immer auch Handlungen!

Ich versuchte, meine Interpretation unserer Lage zusammenzufassen: »Ich glaube, ich verstehe. Wenn wir nicht zu den Erfrorenen am Bahnhof gehören wollen, müssen wir jetzt unsere eigene Zeitungsmeldung schreiben.«

»Völlig richtig. Und die beste Schreibmaschine für solche Schlagzeilen, mein junger Freund, ist immer noch – unser Paar Beine!«

Karl hakte sich bei mir unter, und spornstreichs verließen wir den Bahnsteig. Ja, es stimmte: Wir hatten ein gemeinsames Interesse! Überleben, irgendwie! In Montabaur, der Stadt der Toten. Karl war aus irgendeinem Grund trotz unserer sehr verzweifelten Lage optimistisch. Er summte sogar ein kleines Lied vor sich hin.

Als ich ihn fragte, warum er so gut gelaunt sei, meinte er nur: »Unsere Notlage trägt in sich den Keim ihrer eigenen Überwindung.«

Außerdem hatte er auf seinem Smartphone gesehen, dass wenige Minuten vom Bahnhof noch ein Restaurant offen hatte. Wir marschierten los. Hinter uns war mittlerweile ein Handgemenge ausgebrochen. Brüllend riss einer der Geschäftsmänner dem anderen das Ohr ab, während die Studi-Mutti gerade versuchte, ihn mit dem Netz des Kinderwagens zu strangulieren. Wir konnten nur traurig den Kopf schütteln über so viel Unverstand. Nur durch ein kurzes Gespräch waren wir einer Lage entkommen, die für die vier anderen immer noch ausweglos erschien.

Eine Weile tapsten wir hilflos durch das Dunkel des Bahnhofsvorplatzes. Sehr schnell merkten wir, dass Montabaur eigentlich nur aus Pappkulissen bestand, die um den Bahnhof herumstanden, um den Eindruck einer richtigen Stadt zu erzeugen. Hinter den Kulissen aber – begann sofort der Wald.

Unbeschildert, schlecht beleuchtet und sehr, sehr allegorisch, roch der Wald nach Dunkelheit, Mundgeruch und einem schnellen Tod. Käuzchen lieferten sich einen Eurovision Song Contest des Krächzens, Vampirfledermäuse flatterten um uns herum, irgendwo hörte man einen alten Heidegger Holz hacken. Nein, mir war nicht wohl bei der Sache, wahrlich nicht. Ich hatte es mir zum Prinzip gemacht, mich niemals irgendwo aufzuhalten, wo man länger als zehn Minuten auf ein Taxi warten muss. Und nun sollte ich in diesen dunklen Wald hinein, mit einem fremden alten Mann und der angesammelten sexuellen Anspannung von viereinhalb Stunden ICE in den Knochen.

Doch Karl ließ nicht locker, starrte wie gebannt auf seine App. »Was, wenn wir uns verirren, Karl? Oh, was sollen wir nur tun?«, stöhnte ich verzweifelt und gleichzeitig irgendwie erregt auf. Karl schmunzelte wieder wie wild:

»Was, wenn unsere Irrtümer mit dem Weg identisch sind? Wenn jeder Fehler ein Schritt ist und jeder Dings ein Atemzug? Hast du vielleicht daran schon einmal gedacht, du Dummerchen?« Ich musste ehrlicherweise verneinen, und wir lachten beide über meine Dummheit.

Schließlich sollte sich meine Sorge als unbegründet erweisen, als wir von fern ein Lichtlein herleuchten sahen. Das musste das Restaurant sein. Hier, am sprichwörtlichen Arsch der Welt.

Kapitel II

Der Wirbel der Perspektiven

So ein Restaurant hatte ich noch nie gesehen. Es hatte ein Dach, vier hell erleuchtete Fenster sowie eine über und über mit Kreide verschmierte Preisliste, die von einem Cartoon-Italiener gehalten wurde. Der Cartoon-Italiener rieb sich mit der Hand den Bauch. Auf seiner Karte stand: »Herrengedeck 1 Euro – Diener die Hälfte«. »Eine seltsame Preispolitik«, murmelte ich. Auch sonst war das Gebäude voller Details, die mir aber im Einzelnen heute nicht mehr erinnerlich sind.

Das Restaurant, das wir zu betreten gedachten, hieß »Schluckspecht 3000 – Volle Pulle Erkenntnis«.

»Kein wirklich publikumswirksamer Name«, sagte ich zu Karl. Als wir die Tür des Restaurants öffneten, schwappte uns eine Woge seltsamer Gerüche entgegen – nach Bier und Verheißung, Bratwurst und Verfall. Ein ausgestopftes Pferd, das offenbar als Maskottchen diente, wieherte laut, als wir eintraten.

»Diese Art von Kneipenhumor ist mir eigentlich sehr suspekt«, suchte ich bei Karl Bestätigung, aber wieder wollte mir der alte Knabe nicht zuhören. Stattdessen begrüsste er überschwänglich die Bedienung, die er offenbar von früheren Besuchen kannte. Er stellte sie mir als Simone vor.

Simone knallte uns mit leichter Hand eine Ledermappe auf den Tisch. »Speisen- und Getränkekarte« stand darauf. Karl beachtete die Karte nicht weiter, er stand lieber auf, setzte sich an den Nachbartisch und unterhielt sich mit einem Rudel hergelaufener Zeitungsredakteure, deren Köpfe bereits leicht gerötet waren. Ob die Diener da sei, fragte er immer wieder. Die Diener? Wen er wohl meinte? Aber sein Verhalten war logisch: Wenn Diener nur die Hälfte zahlten, könnte er vielleicht auf ihrem Deckel vergünstigt mittrinken! Wieder machte mich die Weisheit meines Begleiters staunen und verlegen.

In der Zwischenzeit nahm ich die »Speisen- und Getränkekarte« genauer in Augenschein. Auf der ersten Seite stand »Tages- und Wochengerichte«, aber alle Punkte waren bereits durchgestrichen. Auf der zweiten Seite stand der Satz: »Tu, was du willst, sei das einzige Gesetz.« Ein Satz, bei dem sich mir unwillkürlich die Nackenhaare aufstellten. Ich kannte ihn aus der *Unendlichen Geschichte*, den Schriften des Großen Tiers Aleister Crowley und den Zeitschriften der Funke-Mediengruppe.

Erfüllte mich schon diese Seite mit einem unerklärlichen Widerwillen, war es doch die nächste Seite, die mich wie ein Donnerschlag in die Magengrube traf. Auch dort stand nur ein einzelner Satz, flüchtig hingefetzt mit einem Kuli und doch so wirksam wie Notfall-Globuli:

»Leider keine Kartenzahlung möglich. Wir bieten um Verständnis. :-(«

Ich blickte verwirrt auf. Als hätte sie schon damit gerechnet, stand Simone neben mir. »Stört Sie der Satz?«, fragte sie.

»Ich weiß nicht genau, wie ich ihn interpretieren soll.«

»Was denken Sie denn, was er bedeutet?«

»Eine Menge Probleme für mich.«

»Und woher rühren diese Probleme?«

»Weil ›Kartenzahlung‹ wahrscheinlich sowohl EC- als auch Kreditkarte meint. Eine Kreditkarte habe ich nicht mehr, seit mir Visa gekündigt hat. Das war, weil ich mich beim offiziellen Simpsons-Farmville-Klon mit mehreren tausend Euro verschuldet hatte. Und Bargeld führe ich grundsätzlich keines mit mir, weil ich nur so eine Patent-Brieftasche aus einer Facebook-Anzeige habe, die sehr schick aussieht, aber eben nur Platz für eine EC-Karte bietet.«

Simone sah mich sanft an und unterbrach dann mein verwirrtes Gerede: »Man kommt nicht pleite zur Welt, man wird pleite gemacht.«

»Aber wie ist es hier?«, fragte ich. »Ich kann ja schlecht anschreiben, Sie kennen mich ja kaum. Oder kann ich vielleicht bei Karl …«

»Haben Sie schon einmal versucht, den Satz anders zu lesen? So, als würde er sich nicht an Sie richten, sondern an eine andere Person?«

Ich las den Satz noch einmal. Ich blickte zu Karl hinüber, der sich mittlerweile ganz zu den Zeitungsredakteuren gesetzt hatte. Einer der Redakteure schrie immer wieder »Die Julia! Die Julia wieder!«, warum, wusste ich nicht zu sagen.

Und plötzlich verstand ich. Ich blickte in Simones gütige Augen.

»Als würde er sich an eine andere Person richten … Sie meinen – wenn ich eine andere Person finde, die … für mich bezahlt …«

»So halten wir es hier seit jeher. Es ist ein Gebot, aber es richtet sich an niemanden Bestimmten. Keine Kartenzahlung möglich – aber wenn nur eine einzige Person mit Bargeld im Raum ist, ist es so, als hätte sie die Getränke aller geordert.«

»Letztlich also wie bei Jesus.«

»Wenn Sie meinen.«

Simone zwinkerte mir wissend zu, als sich eine Fruchtfliege in ihr Auge verirrte.

»Ich komme gleich noch mal zu Ihnen, ich muss mir nur schnell das Auge ausspülen.«

»Wir wissen, über wen wir reden, wenn wir über Julia reden!«, schrie wieder jemand am Nachbartisch.

Ich blätterte mich weiter durch die Karte. »Kinderteller Pinocchio« hieß ein Gericht, »Fischstäbchen Struwwelpeter« das andere. »Wann hört das eigentlich auf, dass Kindergerichte nach extrem problematischen Büchern der Schwarzen Pädagogik benannt werden?«, dachte ich. »Erwachsenenmenü Freddy Krueger«, las ich weiter, »Seniorenteller Erwin Rommel«, »Eisbombe Stalingrad«. Auf der Getränkekarte sah es nur unwesentlich besser aus: »Craft-Bier aus dem handgeblasenen Henkelkrug«, eine ziemlich steile Frechheit. Ich war noch immer ratlos.

»Haben Sie schon gewählt?«, fragte mich Simone, die plötzlich wieder neben mir stand. Sie hielt sich ein Schnapsglas ans Auge, in das sie einen Eiswürfel gelegt hatte.

»Es fällt mir schwer, mich zu entscheiden«, sagte ich stotternd. »Es kommt mir so vor, als wären alle diese Getränke und Speisen in einer seltsam zeitlosen Vorvergangenheit fixiert. Als stammten sie aus einem Jahrzehnt, an das sich alle zu erinnern glauben, obwohl es nie existiert hat. Was wiederum eine äußerst fragwürdige Mischung aus Selbstekel und Nostalgie in mir aufsteigen lässt.«

»Wie bitte? Hab grad nicht zugehört.«

»Ist ja auch egal. Kann ich vielleicht auch einfach einen Kaffee haben?«

»Also eigentlich haben wir die Maschine schon sauber gemacht, aber ich frag mal den Küchenchef.«

Simone stöckelte Richtung Küche.

Ich nutzte den unbeobachteten Moment, um zu Karl hinüberzugehen. Die Zeitungsredakteure waren Mitte zwanzig bis Mitte vierzig, alle schwer gezeichnet von den Transformationen der Medienbranche. Einer der Typen hielt gerade einen politischen Impromptu-Vortrag: »Wenn ich von Menschen erfahre, dass sie immer noch in der SPD sind, du, da bin ich immer an Leute erinnert, die Eigenurin trinken. Jaaa, ich bin sicher, dir tut das total gut, und ja, du hast dir dazu eine Menge Gedanken gemacht, aber eigentlich möchte ich keinen einzigen davon hören.«

Karl blickte zu mir auf, er schien von dem Spektakel höchst angetan.

»Und, konnte Simone Sie beraten?«

»Sie fragt gerade noch mal den Küchenchef, ob man mir helfen kann.«

»Ah, Michel. Ein Franzose! Vom Feinsten.«

»Was macht ein Franzose in so einer Dreckspinte?«, rutschte mir plötzlich eine Wahrheit heraus, die ich aber gleich wieder einsammelte, bevor jemand sie hören konnte.

»Er glaubt, dass Kochen auch eine Art Beobachten ist und Beobachten auch eine Art Beherrschen.«

»Der Küchenchef will uns beherrschen?«

»Ja, er will uns beherrschen – aber nur, um uns zu befreien. Das kommt aber erst im nächsten Kapitel, und wir wollen eigentlich nicht vorgreifen.«

In der Küche rumpelte es plötzlich.

Eine Art Ei mit Brille manifestierte sich in der Durchreiche. Ein Mund öffnete sich auf der Vorderseite des Eis.

»Sie sind der mit dem Kaffee«, sagte das Ei.

»Ja«, weinte ich. »Es tut mir leid, dass Sie meinetwegen die Maschine wieder einschalten mussten, die Sie eben erst sauber gemacht haben. Es ist eigentlich nicht meine Art, Menschen Umstände zu machen.«

»Die Maschine ist das Gefängnis des Kaffees«, sagte das Ei und blickte mich herausfordernd an. »Nur indem wir das Gefängnis absolut setzen, befreien wir ihn.«

»Also kriege ich keinen Kaffee?«

»Vielleicht. Vielleicht müssen Sie auch erst einmal einer Denktradition entsagen, die von der Vorstellung geleitet ist, dass es Kaffee nur dort geben kann, wo die Machtverhältnisse suspendiert sind – dass es Kaffee nur außerhalb seiner Bestellung geben kann.«

Die Küche hinter ihm war dunkel, und deshalb war es wirklich nicht sicher zu sagen, doch es hatte tatsächlich den Anschein, dass er hinter seinem Tresen bis auf seine Fliege unbekleidet war.

»Ich will wirklich keine Umstände machen.«

»Mon cher ami, die Umstände sind das Koordinatensystem, in dem sich Ihre Bestellung überhaupt erst vollziehen kann – eine Sprache, in der das Bedürfnis nach Kaffee zusammen mit der Möglichkeit entstand, ihn zu bestellen.«

»Ach ja? Wenn das so ist, dann würde ich in meinen Kaffee noch einen Extra-Shot Espresso reinhaben wollen.«

Das Ei sah mich eine Weile mit einem Ausdruck unfassbaren Abscheus an, dann verschwand es im Küchenduster.

Ich blickte auf die Uhr. Es war kurz vor Mitternacht. War es überhaupt klug, in diesem seltsamen Betrieb noch einen Kaffee zu trinken? Und noch so spät in der Nacht? Bestimmt war die Maschine total verkalkt, und das Pulver war Instant und stand auch schon seit Jahren ab. Andererseits: Wenn der Kaffee für Erkenntnis stand und die Nacht für meine Unwissenheit, dann stand der Kalk in der Maschine vielleicht einfach für das gesammelte Wissen der Menschheit und das Kaffeepulver für einen Katzenkalender mit motivierenden Sprüchen.

Ich rang eine Weile mit mir selbst, als aber auch schon wieder Simone auf mich zukam. Sie trug ein kleines Silbertablett, auf dem eine einzelne blaue Keramiktasse fröhlich vor sich hin schwappte. Auf der Tasse stand weiß hingeschnörkelt der Name ›Johannes‹.

»Sooo, wie bestellt, das Beste vom Besten. Bitte schön, frisch gemahlen.«

Ich blickte auf die Tasse hinab und traute meinen Augen nicht. Scheinbar zufällig auf den Kaffeeschaum hingestreut, hatte sich aus dem traditionellen Schokopulver ganz wie von selbst ein Symbol gebildet: ein Herz.

Was war hier verdammt noch mal los?!

KAPITEL III

Der Kaffee der Erkenntnis

Der Kaffee stand noch immer vor mir. Duftend, heiß. Und immer noch mit diesem seltsamen Herz verziert, das ich mir einfach nicht erklären konnte.

War dies ein Zeichen Gottes?

Ein Wink des Schöpfers ans Geschöpf?

Oder stammte es von Michel, dem machttheoretischen Maestro in der Küche?

Ich war völlig runter mit den Nerven. Es war inzwischen nach Mitternacht in Montabaur, ich musste aller Voraussicht nach noch mindestens fünf Stunden mit diesen verhärmten Gestalten durchbringen – und nun auch noch mit den extrem gemischten Botschaften eines verliebten Franzosen.

Simone musste meinen Unwillen bemerkt haben, denn sie stand schon wieder neben mir.

»Ist etwas nicht in Ordnung?«

»Verzeihung, aber ich kann leider nicht besonders gut mit Gefühlen umgehen, unter anderem, weil ich als Heteromann sozialisiert bin. Deswegen fällt es mir schwer, Botschaften wie die dieses Kaffees richtig einzuordnen.«

»Glauben Sie wirklich, dass dieser Kaffee eine Botschaft ist? Und vor allem: dass die Botschaft an Sie gerichtet ist?«

»Ja, es ist mein Kaffee, deswegen ist es sehr wahrscheinlich, dass alle damit einhergehenden Botschaften an mich gerichtet sind.«

»Hm, das ist ja ganz schon selbstbezogen von Ihnen. Haben Sie schon mal daran gedacht, dass es eine Botschaft des Kaffees an sich selbst sein könnte? Dass der Kaffee seine tiefe Zufriedenheit mit sich selbst auf diese Weise ausdrücken möchte?«

»Sie meinen, der Kaffee denkt?«

Bevor Simone antworten konnte, wurde sie jäh unterbrochen.

»Sie meint, dass Botschaften letztlich alles bedeuten können. Alles, was wir wollen. Wichtig ist nur, wer letztlich den Hut aufhat.«

Es war wieder Michel. Er hatte uns die ganze Zeit über von seiner Durchreiche aus beobachtet. Er trug jetzt eine sehr stattliche Kochmütze auf seinem kahlen Eierschädel.

Ich blickte wieder Simone an, die mich mitleidig aus ihren entzündeten Kellnerinnenaugen ansah.

»Ich will Ihnen jetzt eine Geschichte erzählen«, sagte sie zu mir.

»Bitte nicht! Ich hatte mich doch nur über den Kaffee gewundert.«

»Sie dauert nur ganz kurz, außerdem geht es darin auch um Sie.«

Sie setzte sich neben mich und fing an, zu erzählen. Ihr Vortrag hatte etwas Leierndes.

»Ein Mann fährt jeden Tag auf dem Weg zur Arbeit mit der S-Bahn an einem Gebäude vorbei. Es ist ein düsteres Gebäude, verlassen, abweisend, heruntergekommen. Eine Ruine. Kein äußeres Zeichen lässt darauf schließen, welchem Zweck es einmal gedient haben mag. Bald macht sich der Mann einen Spaß daraus, sich jeden Tag aufs Neue auszumalen, was in dem Gebäude wohl vorgehen mag. Er erfindet Personen und Geschichten, die direkt oder indirekt mit dem Gebäude zu tun haben. Nach und nach bevölkert er das Haus mit Kreaturen seiner Vorstellungswelt. Wenn er sich mit ihnen langweilt und glaubt, alle Geschichten durchgespielt zu haben, tauscht er ihre Absichten und Funktionen aus und fängt wieder von vorne an. In seiner Fantasie ist das Gebäude einmal eine Firma, dann ein Wohnhaus, dann ein Krankenhaus, dann ein Gefängnis, und so immer weiter. Sie können mir folgen?«

»Leidlich.«

»Eines Morgens fährt der Mann wieder an dem Gebäude vorbei. Viele Jahre sind inzwischen vergangen. Das

Gebäude ist noch weiter verfallen, doch im Kopf des Mannes ist es jetzt ein Palast, voller Zimmer und Schatzkammern, voller Erinnerungen und Träume, mit einer reichen Vergangenheit, prall vor Leben. An diesem speziellen Morgen glaubt der Mann plötzlich, hinter einer der zerbrochenen Scheiben eine Bewegung wahrgenommen zu haben. Ein Schatten, der sich zurückgezogen hat, als er ihn entdeckte. Irgendjemand ist in diesem Haus, denkt der Mann erschrocken, aber auch neugierig. Der Mann fährt weiter, und bei seinen nächsten Fahrten in den folgenden Tagen sieht er die Gestalt nicht wieder. Aber seine Neugier ist geweckt. Er denkt sich: KÖNNT IHR ARSCHLÖCHER NICHT MAL EURE VERDAMMTE SCHNAUZE HALTEN? ICH VERSUCHE, DEM TYPEN HIER EINE GESCHICHTE ZU ERZÄHLEN!«

Augenblicklich verstummten die Zeitungsredakteure, die sich eben in eine musikalische Nummer hineingesteigert hatten, in der es um die besonderen Bedürfnisse eines inzwischen verstorbenen Herausgebers ihres Blattes ging. Simone wandte sich wieder mir zu.

»Die Neugier des Mannes ist, wie gesagt, geweckt, und eines schönen Tages, es ist ein Sonntag oder ein beweglicher Feiertag, beschließt er, dieser seiner Neugier nachzugeben – und den Palast zu betreten, den er in seiner Fantasie gebaut hat. Er steigt also an der Station aus, die dem Haus am nächsten liegt, geht zu dem Haus, fasst sich ein Herz und öffnet die Tür, die nur angelehnt ist. Zuerst ist alles dunkel, seine Augen brauchen ein wenig, bis sie sich ans Zwielicht gewöhnt haben. Endlich sieht er deutlich, und schließlich sieht er auch die Person, die er erst nur als Schatten am Fenster gesehen hat. Die Person geht auf ihn zu, ihr Gesichtsausdruck ist nicht zu deuten. Er könnte ›Willkommen‹ heißen oder Furcht. Dann öffnet die Person ihren Mantel, und plötzlich ist dem Mann alles klar. Es ist ein Obdachloser, der ihm seinen Penis zeigen möchte.«

»Aha.«

»Hat Ihnen diese kleine Erzählung gefallen?«

»Nein.«

»Warum ist das so? Liegt es an der Eindeutigkeit, die plötzlich hergestellt wird? Dann fragen Sie sich doch mal, wie es dem Mann aus der Erzählung ging. Auch er wurde plötzlich mit Eindeutigkeit konfrontiert.«

»Und mit einem Penis. Es liegt an dem Penis.«

»Ganz schön homophob. Dabei habe ich die Pointe noch gar nicht erzählt. Der Mann änderte nach dieser Begegnung sein Leben und wurde ein alter Fischer auf einer fernen Insel, auf der man immer noch mit Sprengstoff fischen durfte. Er lebte bis zu seinem Ende heiter und gelassen.«

»Das heißt …«

»Wenn Sie den Sinn der Botschaft hören, wollen Sie vielleicht einfach nur weglaufen. Ähnlich ist es mit diesem Kaffee. Sie können ihn trinken – aber in diesem Moment sind alle Möglichkeiten verschwunden, die Sie dem Kaffee bis dato zugeschrieben haben. Er könnte Ihnen schmecken oder auch nicht. Sie könnten ihn zurückgehen lassen, ihn Ihrem Nachbarn ins Gesicht schütten oder auf der Serviette die Weltformel niederschreiben. All das wird aber unmöglich, wenn Sie ihn trinken. Weil Eindeutigkeit Möglichkeiten zerstört.«

Sie fasste mein Gesicht und zog es sehr nah an das ihre, während sie den Satz wiederholte: *»Weil Eindeutigkeit Möglichkeiten zerstört.«*

»Jetzt ist der Kaffee eh zu kalt.«

»Dann werde ich ihn in die Küche zurückbringen. Es ist ein bisschen so wie im Leben insgesamt, nicht? Sie können sich letztlich alles wünschen, was Sie wollen, und es wird auch passieren. Die wirklich entscheidende Frage ist: Wollen Sie denn überhaupt, dass etwas passiert? IHR WOLLT WOHL WIRKLICH, DASS GLEICH WAS PASSIERT!«

Simone stapfte nun in nur leicht gespielter Wut zu den Zeitungsredakteuren hinüber. Auch Karl hatte von den betrunkenen Ausfällen der Journalisten sichtlich die Faxen dicke: Er stand auf und kam endlich zu mir an den Tisch. Sicher war eine Stunde vergangen, seit wir zuletzt miteinander gesprochen hatten. Er hatte schon einige Schnäpse intus, hielt sich aber noch recht wacker auf den Beinen.

»Und? Hat Ihnen Simones Geschichte helfen können?«

»Wie bitte? Helfen wobei?«

»Das wird sich zeigen! Versuchen Sie vor allem, Simones Geschichte nicht wörtlich zu verstehen, sondern sinnbildlich. Als geistigen Ausdruck des Zustands einer gesellschaftlichen Gruppe, die zu einem bestimmten historischen Moment ihre Lage im Klassenkampf erkennt und benennt. Und dann einfach die Herrschaft stürzt.«

»Ach.«

»Ja. Das Haus aus der Geschichte steht für das, was bei Hegel eine ›Situation‹ genannt wird. Sie ist voller potenzieller Handlungen, ohne mit diesen Handlungen identisch zu sein. Es sind quasi Handlungen in ihr gespeichert. Der Mann in der S-Bahn steht für das Proletariat, das seine Fähigkeit zum Handeln nicht erkennt, jedoch die Situation immer weiter mit Möglichkeiten aufladt. Und der nackte Mann in dem Haus steht für sich selbst.«

»Aber wie hilft mir das jetzt weiter?«

»Wo möchtest du denn, dass dir weitergeholfen wird?«

Um Gottes willen. Wir waren offenkundig beim Du gelandet. Ich hätte es an seinem auch schon recht stark erhitzten Kopf ablesen müssen.

Mir schwante Übles.

»Ich weiß nicht genau.«

»Über welchem Bereich deines Lebens schwebt das größte Fragezeichen?«

»Nun ja, wohl am ehesten über meiner beruflichen Situation.«

Karl holte einen Stabilo aus seinem Jackett und begann, auf die Serviette zu kritzeln.

»Deine berufliche Situation ist recht einfach zu erklären. Mit deiner Arbeit stellst du einen Dings, einen Gebrauchswert her, nennen wir ihn G. Den tauscht dein Arbeitgeber gegen Waren, sprich W, die du wiederum gegen Geld tauschst, also G.«

Er malte die Buchstaben G-W-G auf die Speisekarte. Ich wollte ihn ausnahmsweise nicht unterbrechen.

»Aber während du die Waren gegen Geld tauschst, bleibt dein Arbeitgeber nicht untätig, sondern spekuliert an der Börse. Und dein Gebrauchswert? Ist plötzlich weg! Der ganze Wert ist einfach weg!«

Karl strich das W im G-W-G sehr energisch durch. Er schien von dem Tun seines fiktionalen Arbeitgebers persönlich enttäuscht.

»Weil er einfach keinen Wert hat! Ein ganz wertloser Wicht, dieser feine Herr Chef! Deswegen ist es nur eine Frage der Zeit, bis alles den Bach runtergeht. Ganz naturgesetzlich. Da beißt die Maus keinen Faden ab.«

»Also sollte ich mich beruflich verändern?«

»Aber nein! Du musst einfach deinen ganz persönlichen G-W-G finden. Arbeit ist scheiße! Aber deinen G-W-G, den kann dir niemand wegnehmen. Das ist nämlich der Selbstwert. Und von dem leitet sich was ab?«

»Das Selbstwertgefühl?«

»Bingo! Wenn du deinen ganz persönlichen G-W-G gefunden hast, ist alles nur mehr eine Frage von korrekt durchgeführten Buchungen – und plötzlich bleibt am Dings, am Ende vom Geld wieder etwas Monat übrig. Natürlich nur, wenn wir es schaffen, die revolutionäre Situation zu nutzen!«

Karl sah mich aus leuchtenden Augen an.

»Ihr Kaffee, bitte schön.«

Simone stand neben mir. Wieder hatte sie ihr Silbertablett dabei, auf dem eine neue Tasse Kaffee stand.

»Wie … was …?«

»Ihr erster Kaffee war kalt geworden. Es ist nur recht und billig, dass Sie jetzt auf Kosten des Hauses einen zweiten, noch heißen Kaffee bekommen.«

Ich war verdutzt, verdattert, versteinert. Im ganzen Leben hatte ich noch nichts umsonst bekommen. Es schien, dass mein ganz persönlicher G-W-G schon jetzt für mich wirksam wurde.

»Bevor Sie ihn trinken, würde ich Ihnen gerne noch schnell eine weitere Geschichte erzählen. Kennen Sie die Geschichte von dem grünen Schwertfisch und dem Arschloch?«

»Nein, aber ich wollte mich ohnehin gerade mit Karl hier über unsere gemeinsame Geschäftsidee unterhalten.«

Um sie am Weiterreden zu hindern, stürzte ich hastig den brühend heißen Kaffee hinunter.

In diesem Moment überwältigte mich die Erkenntnis.

Oben wurde Unten, Gut wurde Böse, Eins zu Zwei – und Zarathustra ging an mir vorbei …

Kapitel IV

Unsere Aufgabe

Wie lange ich der unfassbar wohltuenden Wirkung des Kaffees hinterherschmeckte, vermag ich nicht zu sagen. Ich weiß nur, dass ich irgendwann mit dem Kopf auf dem Tisch erwachte. Die Erschöpfung, die angestaute Hitze in diesem außergewöhnlich schlecht belüfteten Etablissement und das rasende Gefasel der Leute um mich herum hatten mich bereits in einen wohligen Dämmerzustand versetzt – die zwei Finger Schnaps, mit denen entweder Michel oder Simone ihren Kaffee zu würzen pflegten, hatten mir dann wohl schließlich den Rest gegeben.

Die Bevölkerung unseres kleinen Universums hatte sich über meine kleine Auszeit hinweg dezimiert. Karl stand an einem Glücksspielautomaten und trommelte nervös auf seinen Manuskriptenkoffer. Simone half einem der Zeitungsredakteure in seinen Mantel, ein Vorgang, den dieser anscheinend zum ersten Mal ausführte. Der Koch Michel hingegen war, wie es aussah, aus seiner Durchreiche hinausgerollt und auf dem Boden in tausend Teile zerbrochen, in jedem Fall war von ihm nichts mehr zu sehen. Aber es war auch ein weiterer Protagonist hinzugekommen: Neben Karl stand ein Mann, der eine Art Wischmopp seine Frisur nannte und das Treiben des Wirtschaftsweisen zu kontrollieren schien. Als er mich wach werden sah, setzte er sich freudestrahlend neben mich.

»Guten Tag, ich bin Immanuel. Immanuel Kant.«

»Eigentlich heißt er Jürgen«, murmelte Karl.

Ich nannte meinen Namen und entschuldigte mich für meinen desolaten Zustand.

»Das ist doch überhaupt kein Problem. So geht es jedem hier, der von unserem berühmten Kaffee kostet.«

»Ihr Kaffee? Haben Sie etwa geschäftlich mit diesem Betrieb zu tun?«

»Gewiss. Sie sehen es mir vielleicht nicht an, aber ich bin ein erfolgreicher Geschäftsmann. Ich habe einmal für eine große Firma gearbeitet.«

Karl drehte sich an seinem Automaten kurz zu mir um und machte mit dem Finger eine kreisende Bewegung an seiner Schläfe.

»Ja«, sagte Immanuel Kant, »ich habe lange Jahre in der Werbung gearbeitet, in einer internationalen Agentur, die unter anderem den Brauch erfunden hat, dass man abwesende Leute schön grüßen soll. Haben Sie das schon mal gemacht, jemanden von jemand anderem gegrüßt? Natürlich nicht. Trotzdem richten alle ständig schöne Grüße aus. Ein echter Triumph unserer Firma. Aber wie konnte jemand wie ich überhaupt so weit kommen?«

»Vitamin B?«

»Auch das. Zuvor jedoch hatte ich an einigen der besten Universitäten studiert, jahrelang. Einfach nur, weil mir jemand gesagt hatte, dass dies der einzige Weg sei, mich für einen gut bezahlten Job zu qualifizieren. Und wissen Sie, was dann passierte?«

»Sie landeten in diesem Laden hier?«

»Ja, aber lassen Sie mich weiter ausholen. Ich bekam den Job. Ich arbeitete wie ein Besessener. Überstunde reihte sich an Überstunde. Ich wurde Abteilungsleiter, dann Bürochef, dann Teilhaber, dann Geschäftsführer. Ich reiste um die ganze Welt, besaß Häuser, Autos, exquisiten Intimschmuck.«

Ich erhob mich zum Gehen.

»Einen Moment noch, es ist gleich vorbei. Ich arbeitete wie verrückt, und ja, schließlich lag mir die Welt zu Füßen. Aber war ich deswegen – glücklich? Natürlich. Sehr sogar. Aber war es nicht auch so, dass mir insgeheim etwas fehlte? Nein, natürlich nicht. Ich konnte ja sofort alles kaufen, wenn ich es brauchte. Auch Liebe und Freundschaften kamen wie von selbst. Wenn man Geld hat, ist es sehr einfach, neue Leute kennenzulernen.«

Immanuel seufzte theatralisch auf.

»Schließlich kam ich auf einer meiner vielen Geschäftsreisen zu diesem Café hier.«

»Ich würde es ehrlicherweise nicht als Café bezeichnen.«

»… zu diesem Café. Ich begegnete Simone, der sprechenden Kellnerin, und ihren kleinen Freunden. Ich hörte die Geschichte von dem Haus der Wünsche und die Geschichte von dem grünen Schwertfisch. Und von diesem Tag an veränderte sich mein Leben für immer.«

»Weil Sie Ihr persönliches G-W-G gefunden haben.«

»Nein, weil ich hier gefangen gehalten werde. Gegen Lösegeld. Bitte helfen Sie mir. Ich werde hier im Keller gefoltert.«

Karl wandte sich noch einmal von seinem Automaten ab und machte einen Scheibenwischer vor seinem Gesicht.

Immanuel holte noch einmal tief Luft.

»Was ich damit sagen wollte: Mein Studium, all mein Geld und der filigranste Intimschmuck, den Sie sich vorstellen können, haben mich doch nicht auf die Gefangenschaft hier in diesem Café vorbereitet. Und dann durchfuhr die Erkenntnis mich wie ein Blitz: Das Café hier ist letztlich nur eine Illusion unseres Verstandes.«

»Ich dachte, Illusionen wären dazu da, Dinge zu beschönigen. Das hier ist eher das Gegenteil«, warf ich ein.

Immanuel fuhr unbeirrt fort: »Es gibt eigentlich nur ganz wenige Bestandteile der Wirklichkeit, die sich immer und immer wieder wiederholen: Zeit, Raum, Kaffee, Freiheit und Geld. Alles andere setzen wir nur aus diesen Ideen zusammen, wie ein Hologramm in einem Kaleidoskop, das von mörderischen Geistern zu schrillen Pizzicato-Klängen durch ein Spiegellabyrinth gejagt wird .«

Immanuel rückte jetzt ganz nahe zu mir und flüsterte mir ins Ohr:

»Unsere Aufgabe«, so sagte er, »besteht darin, zu erkennen, wie wir Sachen gut finden können, die eigentlich schlecht sind. Das kann in Gefangenschaft gelingen oder im Supermarkt. Wir müssen sie dazu nur in ihre Grundkategorien zerlegen. Zum Beispiel meine Existenz hier. Sie besteht aus Kaffee, Raum und Zeit, aber jeweils ohne Freiheit. Deswegen habe ich Freiheit zu meinem ganz persönlichen G-W-G gemacht.«

Sein Atem roch nach Schlemmerfilet. Er kramte in seiner Herrenhandtasche.

»Ich würde Ihnen jetzt gerne meine Kategorientafel zeigen, wenn ich darf.«

Er holte eine alte Schuhschachtel hervor, in der mehrere Gegenstände hin und her rollten. Ich war augenblicklich an Glasaugen oder Wirbelknochen erinnert.

»Vielleicht ein andermal. Ich bin eigentlich geschäftlich hier, mit Karl.«

»Kein Problem. Sie wissen ja, wo Sie mich finden! Sie werden mich retten, darf ich doch hoffen?«

In diesem Moment jauchzte Karl laut auf – er hatte am Automaten einen kleinen Gewinn gemacht. Fröhlich prasselten die Münzen aus der Maschine, hinein in seinen schmuddeligen kleinen Manuskriptenkoffer.

»Alles aus dem G-W-G«, schnaubte er zufrieden, »alles aus dem G-W-G! Beim Universum bestellt und noch am selben Tag geliefert!«

Ich ging zu ihm und zupfte leicht an seinem Ärmel.

»Könnten wir vielleicht weiterziehen? Die Leute hier sind nicht normal.«

»Jetzt weiterziehen? Im Augenblick des Triumphs?! Ich höre wohl nicht recht! Außerdem: Mit welchem Geld willst du denn weiterziehen?«

Ich wollte protestieren und tastete meine Hosentasche ab. Tatsächlich – mein Patent-Portemonnaie aus der Facebook-Werbung. Verschwunden! Wie konnte Karl das wissen? War es seine unerhörte Wirtschaftsweisheit, die Armut auf zwei Meilen gegen den Wind orten konnte? Schaffte das alles die G-W-G-Methode? Konnte er spüren, wenn Leute in der Patsche saßen? Ich war beglückt, verwirrt und pleite, alles auf einmal.

»Es ist nicht so schlimm, Kumpel«, sagte Karl begütigend. Ich konnte sein Duzen immer noch schwer ertragen. Immer diese Altlinken! »Wie du vielleicht gemerkt hast, funktioniert Geld in diesem Café anders als in der wirklichen Welt.«

»Es ist kein Café.«

»Tatsache. Dennoch brauchst du hier kein Geld. Oft kannst du schon damit bezahlen, dass du dir eine der Geschichten anhörst, die die Gefangenen hier erzählen. Alle haben ihre eigene. Hast du schon die über den Tod gehört? Nein? Solltest du aber. Es ist die beste. Da drüben.«

Er wies mit seinem gelben Fingernagel in Richtung einer Tür, die mir bis dahin nicht aufgefallen war. »Sterbezimmer« stand darauf, in so komischen Buchstaben, wie sie Ostdeutsche gern verwenden. Mir war ein bisschen unheimlich, aber da ich nun von Karl und seinem plötzlichen Reichtum abhängig war und ich mich außerdem von Immanuel fernhalten wollte, wagte ich den Schritt – und ging in das Sterbezimmer.

Tatsächlich war es aber kein Zimmer, sondern ein Treppenhaus, das sich hinter der Tür verbarg und zu einem Zimmer im ersten Stock führte. Dort saßen mehrere alte Männer, spielten Karten und rauchten. Eine dicke Schicht aus Staub, Schweiß und Nikotin schien auf allen Möbeln und auch auf den Glatzen der Herren zu liegen.

»Guten Abend«, sagte ich höflich.

Der Anführer der Gruppe, der gerade die Karten neu austeilte, hieß mich, am Tisch Platz zu nehmen.

»Guten Abend«, begrüßte mich mein Sitznachbar leise.

»Guten Abend«, grüßte ich ebenso leise, »was wird denn hier gespielt?«

»Das Spiel heißt Sterben.«

»Oh, das kenne ich gar nicht.«

»Das macht gar nichts. Wir spielen es alle zum ersten Mal, man lernt es sehr schnell und ist auch sehr schnell sehr gut darin.«

»Mir ist eigentlich alles lieber, als noch mal in eine so total platte symbolische Scheiße verwickelt zu werden …«

»Oh.«

Kapitel V

Sterben für Anfänger

Mein Mitspieler hatte nicht gelogen: Das Spiel namens Sterben war wirklich schnell gelernt und machte bald großen Spaß. Kaum hatte man die wenigen Regeln verstanden, ging es Zug um Zug voran, bis schließlich nur noch ich und der Geber am Tisch saßen.

Der Geber war ein freundlicher, etwas rundlicher älterer Herr mit für die Uhrzeit geradezu beneidenswert wachen Augen. Als er mich schließlich so verdient wie endgültig besiegt hatte, fragte er mich, ob ich nicht ein Stück Kuchen haben wollte, er habe immer welchen dabei.

Da ich nun komplett ohne Geld zurechtkommen musste und meine Darmschleimhaut von dem Kaffee auf nüchternen Magen sowieso schon in höchster Alarmbereitschaft war, musste ich dankbar sein für jede Gratis-Kalorie, die ich hier noch bekommen würde. Der Kuchen, den er in etwas Alufolie gewickelt hatte, war mit grünem Tee zubereitet und schmeckte also direkt mal nach Seife. Da grüner Tee zu dieser Zeit aber schwer in Mode war, gar als krebsheilend und unsterblichkeitsheischend galt, wollte ich nicht provinziell erscheinen und mampfte den Dreck entschlossen in mich hinein – und lobte die Backkunst meines Spielkameraden:

»Hm, ein Gedicht!«

»Vielen herzlichen Dank. Den backt meine Frau Gretel, aber ich diktiere ihr immer das Rezept.«

»Gretel? Stammt sie aus einem Märchen?«

»Ja, aus dem Märchenwald, um genauer zu sein. Mögen Sie Märchen?«

»Ehrlich gesagt ziehe ich Schweigen vor.«

»Schweigen ist manchmal auch ganz schön. Angeblich zeichnet es ja eine besondere Verbundenheit aus, wenn zwei Menschen miteinander über Stunden hinweg schweigen können, ohne sich dabei unwohl zu fühlen. Wie fanden Sie das Spiel?«

»Sterben, ein schrecklicher Name für ein eigentlich ganz gemütliches Spiel. Zum Ende hin ging es dann etwas schnell, aber vermutlich soll ich daraus auch wieder eine Lehre ziehen.«

»Nur wenn Sie unbedingt wollen. Ich finde, es festigt den Geist, öfter mal ans Sterben zu denken. Wussten Sie, dass die meisten Menschen nur höchst ungern an den Tod denken?«

»Ach was.«

»Ja! Völlig lächerlich, wenn man es genau nimmt.«

»Na ja, ich denke, niemand findet die Vorstellung, nicht zu existieren, okay …«

»Aber Sie existieren doch schon jetzt nicht!«

»Wie bitte?«

»Ja, auf ganz viele Weisen. Tatsächlich existieren Sie auf so viele Weisen nicht, dass fast nichts von Ihnen da ist, wenn man es genau nimmt. Sie existieren gerade nicht in der Stadt Ihrer Geburt, Sie existieren nicht unten im Erdgeschoss, Sie existieren nicht auf dem Mond …«

»Ja, und ich bin ehrlich gesagt heilfroh darüber!«

»Sehen Sie! Die meiste Zeit über kümmern sich die Menschen nicht darum, dass sie nicht existieren. Aber zeig ihnen ein Skelett mit einer Sense in der Hand oder einen irren Axtmörder, der mit Schaum vorm Mund auf sie zurennt, und sofort drehen alle durch.«

»Sie denken also, ich sollte in punkto Axtmörder ein wenig mehr Gelassenheit entwickeln?«

»Ich denke, Sie sollten vor allem erst mal mein Märchen anhören. Ganz unverbindlich, zum Kennenlernen.«

Eine heiße Panik fasste mich an: »Oder lieber noch mal eine Runde Sterben …?«

»Das können wir dann immer noch. Das Märchen lautet folgendermaßen: Ein König hatte eine einzige Tochter, die sein Ein und Alles war. Er überhäufte sie mit Juwelen, Wertpapieren und allen Young-Adult-Schmonzetten, die sie haben wollte. Aber eines Tages war der König alt und tatterig, und als der Zeitpunkt seines Todes ständig näher rückte, war seine Tochter immer noch nicht verheiratet, sondern las weiter ihre Bücher, spekulierte an der Börse und lustwandelte tagtäglich durch die Palastgärten, wie es ihr eben in den Kram passte. Die Tochter war sehr klug und schön, aber *schwierig*. Das dachte der König so bei sich. Außerdem machte sie auch lieber mit den Kammerzofen herum, statt an die Dynastie zu denken. Der König begann, sich Sorgen zu machen, und bald lud er junge Prinzen aus benachbarten Königreichen ein, die auf Brautschau waren.«

»Finden Sie wirklich, dass diese Art Märchen heute noch zeitgemäß ist?«

»Ab-so-lut! Der erste Prinz war ein großer Jäger, der zweite ein gewitzter Stratege und Feldherr, der dritte ein promovierter Argumentationslogiker. Der König machte sich daran, die drei Prinzen auf Herz und Nieren zu prüfen – sie sollten sich in ihrem jeweiligen Fach beweisen. Der Jäger zog aus, wilde Tiere zu erlegen, und brachte schließlich den mächtigen Hirschkäfer zur Strecke, den König aller Tiere. Doch die Prinzessin kümmerte es wenig, ein weiteres stinkendes Geweih über dem Kamin hängen zu haben. Der zweite Prinz, ein General durch und durch, überfiel unter einem Vorwand die Ukraine und sahnte auf diese Weise jede Menge Ruhm und Ehre ab. Allein, der Königstochter war die Ukraine herzlich wurscht. Schließlich kam der Argumentationslogiker daher. Er zog die Stirn kraus, setzte sein Monokel auf, brütete Tag und Nacht – und wies auf einen Formulierungsfehler in der königlichen Einladung hin, woraufhin der König den Argumentationslogiker sehr schnell, aber auch sehr grausam hinrichten ließ. Das amüsierte die Prinzessin eine Weile, aber der Dynastie war damit natürlich auch nicht gedient. Nun hatte der König die begehrtesten Junggesellen in und um das Königreich herum durchprobiert und war doch seinem Ziel, einen Erben zu finden, keinen Schritt näher gekommen. Währenddessen ließ sich die Königstochter gerade mit Lieferando eine frische Ladung Zofen kommen.«

»Geben Sie zu, das ist Ihre Ergänzung zu der Geschichte.«

»Da trat ein neuer Kandidat auf den Plan. Er hatte sich nirgendwo vorgestellt und war in keinem der bekannten Adelsverzeichnisse eingetragen – und doch machte ihm der ganze Hofstaat Platz, als er in die Runde trat. Er war von schwarzem Haar und kam auf einem herrlichen weißen Pferd geritten. Der König fand ihn auf Anhieb sympathisch, wollte ihn aber dennoch prüfen. Er befahl dem Fremden, sich sämtlichen Prüfungen zu stellen, denen sich die vorigen Kandidaten unterzogen hatten – als Jäger, General und Philosoph.

So ging der Jüngling also in den Wald, es dem Jäger gleichzutun. Wie er aber in den Wald trat, hauchten alle Tiere des Waldes ihr Leben aus, und der Wald war ausgestorben auf immerdar. Nun tat der Jüngling es dem General gleich und zog mit seinem Heer in die Ukraine, und siehe, noch am selben Tage war die Ukraine öd und leer, nicht eine Maus zog dort noch Atem, nicht ein Strauch grünte in ihr, und kein ZDF-Korrespondent war mehr da, um von den besorgniserregenden Entwicklungen und der Reaktion der westlichen Wertegemeinschaft Kunde zu geben.«

»Ich möchte lösen …«

»Klappe halten.«

»He!«

»Jedenfalls berief der Jüngling zuletzt einen philosophischen Kongress ein, zu welchem er die bedeutendsten Gelehrten des Landes lud. Wie sie aber ins Congresscenter gingen zur Akkreditierung und dort am Infopoint des Jünglings ansichtig wurden, schwanden die Philosophen dahin wie Pflänzchen im Großraumbüro, gaben ihre Seele preis, wurden Staub und Gebein. Da ging der Jüngling zu dem König, und dieser erkannte nun, dass der Jüngling kein Geringerer als der Tod höchstselbst war. ›Moment‹, rief der König, und schalt den Tod heftig, das sei dann aber keine gültige Lösung der gestellten Aufgaben! ›Du hast einfach alle umgebracht, statt dich den wirklichen Problemen zu stellen!‹ Da wurde der Tod plötzlich ganz rot und verlegen und murmelte irgendwas Unverbindliches. Der König fand das wiederum sehr süß und den jungen, gutaussehenden Tod auch sehr sexy, und fragte ihn, ob er mal einen mit ihm trinken gehen würde. Das fand wiederum der Tod eine sehr gute Idee, und schon bald lebten die beiden sehr vergnügt zusammen und adoptierten einen Hund aus einem spanischen Tierheim. Die Prinzessin aber übernahm zusammen mit ihrem Rat der Zofen die Amtsgeschäfte, forstete wieder auf und zahlte Reparationen an die Ukraine. Nur der Argumentationslogiker, der musste in der Hölle schmoren bis zum Jüngsten Tag.«

»Eine sehr schöne Geschichte.«

»Und das Erstaunliche ist: Sie hat sich wirklich so zugetragen! Etwas Ähnliches ist einer Frau aus Kansas, Missouri, im Jahr 1972 passiert.«

Wieder einmal fiel ich aus allen Wolken, was aber auch damit zu tun hatte, dass ich stark unterzuckert gewesen war und das Kuchenstück offenbar meinen Kreislauf wieder in Gang gesetzt hatte.

Der Mann, der sich inzwischen als »Adorno« vorgestellt hatte, bot mir noch ein Kuchenstück an, das ich hastig aufaß. Wie beiläufig fragte er mich:

»Und, haben Sie schon Ihren persönlichen G-W-G entdeckt?«

»Leider nein. Karl wollte mir meinen G-W-G vorhin skizzieren, aber wir werden ja ständig durch irgendwelche Geschichten unterbrochen.«

Der Mann bot mir noch ein Kuchenstück an, kaum dass ich das letzte verzehrt hatte. Er sah so aus, als könnte man ihn durch Zurückweisung unglaublich verletzen, und so griff ich ein weiteres Mal zu.

»Ja, das stimmt, das ist wirklich ärgerlich. Ich finde, man könnte hier in diesem Laden viel schneller auf den Punkt kommen. Weniger Schnörkelsprech und einfach die Fakten auf den Tisch. Aber die Geschäftsleitung denkt, dass es auf diese Weise besser funktioniert.«

»Aha. Was genau funktioniert?«

»Sie wissen schon! Wir wollen aber noch einmal über den Tod sprechen. Haben Sie auf die Personen in dem Märchen geachtet?«

»Ja, es ging ja schließlich vor allem um Personen. Und darum, wie sie handeln.«

»Aber es gibt auch ein verbindendes Element, das nicht so offensichtlich ist«, sagte Adorno verschwörerisch. Er zog ein Taschentuch aus seinem Sakko und reichte es mir – ein höflicher Hinweis auf die Krümel, die mir noch im Gesicht klebten.

»Alle Personen in dem Märchen taten nämlich genau das, was sie am liebsten taten. Die Prinzessin spekulierte gern an der Börse, der Tod brachte gerne Leute um, und der König machte sich gerne Sorgen. Aus diesem Grund waren auch alle diese Personen in dem Märchen sehr erfolgreich.«

»Weil sie allesamt das taten, was sie gern taten?«

»Ja! Alle hatten sich irgendwann entschieden, das Beste aus ihrem Leben zu machen. Alle gingen ihren Bedürfnissen nach und machten die Erfahrungen, die sie machen wollten, und nicht die, die sie nicht machen wollten. So hatte am Schluss auch der Tod keine Macht mehr über sie.«

»Außer über die Einwohner der Ukraine.«

»Na ja. Aber so der groben Linie nach konnten alle Märchenwesen ihren G-W-G optimal erreichen. Weil sie sich darauf konzentrierten, was wirklich wichtig im Leben ist.«

»Nämlich der Tod.«

»Aber nein! Schöne Erfahrungen! Auch mal in Urlaub fahren oder was mit den Händen machen. Oder ein Baby halten oder einen Hund adoptieren.«

»Oder mit dem Tod rummachen.«

»Wenn das für Sie eine schöne Erfahrung ist, warum nicht! Man darf das alles nicht immer so eng sehen. Die Leute sollen sich amüsieren!«

Adorno hieß mich mit einer Handbewegung aufzustehen. »Wir sollten Karl von dem Durchbruch erzählen, den Sie gerade eben gemacht haben.«

»Was? Durchbruch? Ist das jetzt eine Therapie oder so was?«

»Nein, ich möchte lediglich, dass Sie eine weitere gute Erfahrung machen. Mit Karl zu reden, wird eine solche gute Erfahrung sein. Aber wenn ich Sie jetzt anpampen muss, weil Sie sich bockig stellen, wird das eine schlechte Erfahrung für Sie werden. Verstehen Sie?«

Ich sah schnell ein, dass ich keine Wahl hatte. Denn wie ich festgestellt hatte, war im Laufe der Sterbepartie auch mein Handy aus meiner Tasche verschwunden. Ich war den Leuten hier auf Gedeih und Verderb ausgeliefert.

KAPITEL VI

Erscheinungen

Gemeinsam kletterten Adorno und ich das kleine Stiegenhaus hinab, zurück in den Gastraum, wo Simone gerade die Stühle hochstellte. Karl zockte inzwischen an allen drei Glücksspielautomaten gleichzeitig, indem er in der Art eines Schachgroßmeisters von Maschine zu Maschine ging und die Tasten mit einer professionell wirkenden Geste bediente – sehr flüchtig, fast streichelnd. Immanuel beobachtete ihn dabei kritisch, als läge er auf der Lauer.

Adorno ging schnurstracks auf Karl zu und klatschte ihm jovial auf die Schulter. »Karl!«, rief er und riss diesen aus seiner Meditation. »Stell dir mal vor: Wir haben einen Durchbruch geschafft!«

»Einen Durchbruch … Ach so, mit dem Typen vom Bahnhof. Hast du ihm die Geschichte vom Tod erzählt?«

»Ja. Und ich glaube, er ist jetzt bereit, mit dem Meister höchstselbst Kontakt aufzunehmen. Es wird Zeit für den zweiten Weihegrad!«

»Bist du sicher?«

»Was ist schon sicher?!«

Das ganze Hin und Her wirkte extrem einstudiert, ja regelrecht abgedroschen, und ich versuchte daher, mit Simone diskret ein paar Worte zu wechseln.

»Ich will kein Spielverderber sein«, flüsterte ich ihr zu, »aber seit ich hier bin, sind mir mein Portemonnaie und mein Telefon abhandengekommen. Könnten Sie vielleicht die Polizei rufen? Wenn ich hier noch eine weitere Geschichte hören muss, kann ich für nichts mehr garantieren.«

Simone lächelte mich unverwandt an. Sie machte eine Geste, als könnte sie nichts hören oder als würde in dem mittlerweile fast totenstillen Gastraum, in dem nur ab und zu ein Spielautomat schrillte, ein unerträglicher Lärm herrschen. Sie war offenkundig Teil der Verschwörung.

Ich überlegte kurz, in den Wald zu fliehen. In wenigen Stunden würde die Sonne wieder aufgehen, und die ersten Züge würden auch bald wieder fahren. Bis dahin könnte ich mich von Tautropfen und Marienkäfern ernähren. Vielleicht könnte ich auch bei der Bahnhofsmission Hilfe bekommen. Die hatte doch bestimmt Gutscheine oder Lebensmittelmarken für Leute wie mich, die vollkommen unverschuldet ihr Handy verlieren.

Da öffnete sich eine weitere Tür, die mir bisher noch nicht aufgefallen war, in diesem nur scheinbar übersichtlichen Etablissement. In das Holz dieser Tür war eine kleine goldene Krone als Emblem eingelassen, und als sie sich öffnete, strahlte es taghell aus dem dahinter liegenden Raum. Ich musste blinzeln – die Stunden in Rauch und Kneipenfunzellicht hatten meine Augäpfel zusammenschrumpeln lassen wie Tafeltrauben auf dem Nachtspeicherofen.

Aus diesem Licht nun trat eine Gestalt, mehr Engel als Mensch. Sie trug ein langes weißes Hemd mit herrlich weiten Puffärmeln, aus denen sehnige, leicht behaarte Arme ragten. Ihr von tausend Lachfalten durchzogenes Gesicht schien göttlich, streng, aber voller verschmitzter Sympathie. Am beeindruckendsten war aber der lange, samtene Haarschopf, der ihr bis zum Podex hinabreichte und mit dem stets ein sanfter Sommerwind zu spielen schien.

War das – der Tod? Aus der Welt der Märchen gekommen, um mich zu holen?

Adorno, Kant und Karl fielen auf die Knie. »Meister! Meister!«, riefen sie.

Mit majestätischem Schritt trat die Gestalt aus dem Licht. Der Klang von Zimbeln und Harfen schwebte durch den Raum, und ein herrlicher, betörender Duft, wie von Ambrosia und Tom Ford, kitzelte meine Nase.

Das Wesen ignorierte die Huldigungen der drei Nichtsnutze und trat wiegenden Schritts auf mich zu. Als es seinen Mund öffnete, verströmte es einen Duft wie von Veilchen, und seine warme, weiche Stimme erschütterte mich in den Grundfesten meiner Existenz.

»Gestatten«, sagte das Wesen und streckte seine dezent manikürte Hand nach mir aus, »Richard David Precht. Ich bin der Philosophenkönig.«

KAPITEL VII

Die Macht und die Ohnmacht des Menschen

Ich war von Sinnen. Überwältigt von absoluter, unbezwingbarer, niemals endender Freude.

»Sind Sie … sind Sie es wirklich?«, vermochte ich gerade noch zu hauchen.

Richard David Precht lachte wie eine Fee.

»Wer kann schon wirklich sagen, ob er mit sich selbst identisch ist? Namen sind letztlich einfach nur Gedanken in unserem Kopf.« Er tätschelte mir zärtlich den meinen. »Wichtig ist doch vor allem, was sonst noch drin ist.«

Das war so wahr und doch so einfach, dass mir kurz die Tränen in die Augen schossen. Wie konnte ich einen solchen Mann mit einer derart dummen Frage begrüßen!?

Als hätte er meine Gedanken gelesen, hob er mich vom Fußboden auf – zusammen mit den anderen war ich, ohne es zu merken, auf die Knie gesunken.

»Sie müssen sich nicht schämen, mit mir zu reden. Ich weiß nicht mehr als Sie. Aber ich vermag es, mein Nichtwissen anders anzuwenden. Wie Sokrates, mein bekannter Amtsvorgänger, weiß ich nur das eine: dass Sie nichts wissen. Das reicht aber schon für die meisten meiner Bücher und Vorträge aus.«

»Meister«, keuchte Karl diensteifrig, ohne jedoch den Blick vom Boden aufzuheben. »Er hat die Prüfungen bestanden, Meister!«

»Ist das so?«, gurrte Richard David Precht. »Sie haben die Geschichten gehört? Von der Eindeutigkeit, von dem Schwertfisch und vom Tod?«

»Ja, ich glaube schon.«

»Dann haben Sie bestimmt eine Antwort auf die *Frage aller Fragen* für mich.« Er beugte sich tief zu mir hinab. »Sagen Sie mir bitte, in Ihren eigenen Worten und in Druckbuchstaben: Was kann das Wesen eines Menschen verändern?«

Von der Gewalt dieser Frage durchpeitscht, blieb der ganze Raum noch eine Weile in tiefer Stille ergriffen. Ich musste schlucken. Mit einer Prüfungsfrage dieses Schweregrades hatte ich nun keineswegs gerechnet.

Ich überlegte halblaut vor mich hin: »Na ja, also ein Freund von mir ist nach dem Studium direkt nach Berlin gezogen und hatte da schon recht eindeutige Absichten. ›Ein Jahr HD‹, das war seine erklärte Mission. Mit HD meinte er ›harte Drogen‹, und das hat er dann auch durchgezogen. Ich meine, ich will da nicht zu moralisieren anfangen, aber es hat ihn schon verändert … ja, also ich würde mich festlegen: Harte Drogen können das Wesen eines Menschen verändern!«

Richard David Precht lachte wieder auf wie ein süßes Zicklein.

»Es gibt keine richtige oder falsche Antwort auf diese Frage. Nur den Mut, sich seines eigenen Verstandes zu bedienen, sich eine eigene Antwort einfallen zu lassen. Und ich kann deutlich sehen, dass Sie diesen Mut gefasst haben. Sie haben heute den ersten Schritt in eine größere Welt getan!«

Ich war wahnsinnig stolz. Meine Ohren wurden ganz heiß! Und als mich Richard David Precht bei der Hand nahm, durchzuckte es mich wie ein Stromstoß.

»Und diese Welt, mit Verlaub, würde ich Ihnen nun gerne zeigen.«

»Ich würde schrecklich gern«, rang ich nach Worten, »aber in zwei Stunden gehen schon wieder die Züge, und ich muss doch heute noch nach Köln …«

Richard David Precht hörte mir gar nicht zu: »Sind Sie bereit für das Abenteuer der Philosophie?«

Ohne meine Antwort abzuwarten, begann er sich zu drehen – und zog mich dabei mit sich, am ausgestreckten Arm. Immer schneller und schneller drehte er sich. Vom Boden her wirbelten Schneeflocken auf, woher, vermochte ich nicht zu sagen. Mit einem Mal standen wir in einer Wolke aus Schneeflocken – nur dass es in Wahrheit keine

Schneeflocken waren, sondern Buchstaben. Millionen von Buchstaben, die um uns herumtanzten und uns innerhalb weniger Augenblicke komplett die Sicht nahmen. Von Adorno, Kant und Karl und dem ganzen übrigen Kneipenelend war nichts mehr zu sehen – nur der Wirbel des Wissens, der um uns herum tobte.

Fast wollte ich in Panik geraten, aber Richard David Precht war ja bei mir und nahm meine Hand zärtlich in seine mächtige, warme Philosophenpranke, an der er mich durch das Konzeptgestöber leitete. Mit einer Geschwindigkeit, die seinen langen, definierten Beinen nur angemessen war, zog er mich durch den Buchstabenblizzard, ohne jemals zu zögern – einem mir unbekannten Ziel entgegen. Schnell fiel alle Angst von mir ab. Ich überließ mich ganz meinem Schicksal: Richard David Precht. Dieser Mann konnte mich führen, wohin auch immer er wollte.

Nachdem wir einige Meilen gegangen waren – oder waren es nur wenige Kilometer? –, beruhigte sich das Chaos um uns herum, das Buchstabengestöber legte sich. Doch zeigte sich dahinter nur ein neues Rätsel, eine neue verwirrende Situation.

Wir standen im Nichts, in einer konturlosen, formlosen Ewigkeit, die sich hinter, über und unter uns erstreckte. Zunächst dachte ich, dass wir irgendwie in den Weltraum teleportiert waren, aber alles schien zugleich in ein schwaches rötliches Licht getaucht, das aus weiter Ferne kam und allem den Anschein des Organischen gab. Richard

David Precht klatschte zweimal in seine schönen Klavierspielerhände, und sofort wurde das rote Licht intensiver.

Vor uns hatte das Dämmerlicht etwas verborgen: einen Cluster gewaltiger, rundlicher Objekte. Es mochte ein halbes Dutzend sein – jedes von ihnen planetengroß. Zusammen erfüllten sie unser gesamtes Sichtfeld. Auf ihrer Oberfläche wuselten kleine Zilien und Tentakel, unter ihrer schimmernden, semitransparenten Haut tat sich auch irgendwas Merkwürdiges.

»Das Wunder des Lebens«, sagte Richard David Precht in seinem prachtvollen Bass, der meinen ganzen Körper zum Beben brachte. Er deutete eine leichte Verbeugung an. »Darf ich vorstellen: der Mensch. Ein Mensch, der nur ein paar Stunden alt ist. Er besteht zurzeit nur aus acht Zellen. Und doch sind schon alle Möglichkeiten in ihm angelegt – ähnlich wie in dem Haus aus der ersten Geschichte, die Sie heute gehört haben. Wir Philosophen haben einen Namen für diesen unerhörten menschlichen Möglichkeitsspielraum: Gentechnik.«

Als hätte Richard David Precht ein Zauberwort gesprochen, wackelten die riesenhaften Zellmembranen, von einem unmöglichen Windhauch bewegt.

»Nur acht Zellen ist der Mensch hier groß – aber schon ist er tätig, voller Ideen und Einfälle. Der Mensch ist ein tätiges Tier, sagte Sokrates in seinem berühmten *Tractatus* – ein homo officii, ein Homeoffice-Mensch.«

Das Vibrieren der Zellen war zu einem regelrechten Beben angewachsen – und als die Spannung der Zellmembran kaum mehr erträglich schien, öffneten sich endlich kleine Luken in ihrem Äquatorbereich. Aus jeder dieser Zellen trat eine kleine Minizelle heraus, schwebte zur Luke heraus wie ein Luftballon – und begann sogleich, sich nach allen Seiten hin zu recken und zu strecken, dann aufzuplustern, wie wild zu pumpen und Enzyme nach allen Seiten hin zu versprühen. Schnell waren aus den acht Zellen sechzehn geworden, aus den sechzehn zweiunddreißig. Und schon waren es mehr, als ich zu zählen vermochte. Der ganze rötliche Weltraumhimmel hing voller Zellen wie ein Bällebad für Giganten.

»In jeder Zelle steckt Erbgut für hundert Menschheiten«, sagte Richard David Precht. »Milliarden Menschen, auf engstem Raum komprimiert. Tatsächlich nutzen wir nur zehn Prozent unseres Genoms. Nur sehr wenige Menschen, etwa Einstein oder Ramses II., konnten die volle Macht ihrer Zellen entfalten.«

Als wieder eine Minizelle aus einer der Äquatortüren heraustrat, um alsbald selbst wiederum zu einer Mutterzelle zu reifen, erhaschte ich einen schnellen Blick auf das Zellinnere. Hinter dem grauen Regenvorhang der Zellmembran war alles wie aus silbernem Glas gefertigt. Und dann sah ich es: weiße Strände, auf denen sich winzig kleine goldene Menschen tummelten – ohne Zweifel die Gene! Und dahinter – ein fernes grünes Land, unter einer rasch aufgehenden Sonne. Was für ein Wunder! Jede Zelle war ein eigenes, abgeschlossenes Urlaubsparadies – so wie Centerparks, nur voller Gene statt Touristen!

Mein Einblick in das Innere der Zelle währte nur kurz – denn die Zellmembran schloss sich. Aber ich ahnte nun, zu welch wundersamen Dingen ihre Organellen fähig waren.

»Richard David Precht?«, flüsterte ich wie ein Kind.

»Ja?«, flüsterte er zurück, ebenso ergriffen wie ich.

»Werden wir eines Tages in unsere Zellen reisen können?«

»Wissenschaftlich ist das durchaus möglich. Es gibt Forscher in Japan, die sensationelle Fortschritte auf diesem Gebiet gemacht haben. Doch vorher müssen wir einen unserer größten Gegner besiegen.«

Ein Schaudern durchlief meinen Körper. Was für ein Gegner mochte das sein, der uns den Zugang zu unseren eigenen Zellkernen verweigern konnte?

Plötzlich ertönte ein bedrohliches Brummen. Die Zellen muhten wie Kühe auf der Weide, wenn ein Gewitter herandonnert. Verängstigt drängten sie sich zusammen, zitternd.

Da tauchte aus dem Dunkel des uns umgebenden Plasma-Alls ein riesenhafter Schatten auf. Es war ein Balken aus

Stahl, mit einem Durchmesser von mindestens zweien der gigantischen Zellplaneten. Seine Spitze jedoch lief nadelscharf zu. Die Zellkerne schrien vor Angst auf, aber die monströse Nadel kannte kein Erbarmen.

PLOPP!

PLOPP!

PLOPP!

Mit geradezu diabolischer Regelmäßigkeit drang die Nadel in die Zellen ein. Eine nach der anderen platzte wie ein Luftballon mit einem ohrenbetäubenden Knall.

»Der größte Feind des Menschen«, sagte Richard David Precht, und ein bitterer Zug umspielte seinen sonst so sanftmütigen, schönen Mund, der aussah wie eine Rose, »ist der Mensch.«

PLOPP!

Wieder war eine Zelle vor uns zerplatzt. Die Zellmembran fiel zusammen, während sich ihr Inhalt in das Nichts um uns herum ergoss. Es war wahrlich grauenvoll. Die Gene, lauter kleine Menschlein, golden schimmernd, ruderten hilflos mit den Armen und fanden doch nirgendwo Halt. In der Kälte des Alls hauchten sie schnell ihr Leben aus.

Ich war wütend vor Schmerz und Trauer, wütend wie noch nie zuvor in meinem Leben. »Richard David Precht!«, schrie ich voll Zorn. »Warum tun die Menschen den Genen nur so etwas an?«

Da trieb einer der kleinen Menschen an mir vorbei. Er hatte sein Leben bereits aufgegeben, sein kurzer Todeskampf war längst zu Ende gegangen. Und doch erfasste bei seinem Anblick ein namenloser Schrecken mein Herz: Das Gesicht des Gens – verzerrt von seinem Todeskampf war es immer noch deutlich zu erkennen – war meines! Das Gen trug mein Antlitz!

Im Schatten des sterbenden, von immer neuen Nadelstößen gepiesackten Zellhaufens liefen mir heiße Tränen die Wangen herunter. »Was geht hier vor, Richard David Precht? Warum hat das Gen hier mein Face?«

»Weil du es bist, der hier stirbt. Diese Zelle hatte die Möglichkeit, zu dir heranzureifen. Zu dir, zu mir, zur gesamten Menschheit. Wie auch jede andere Zelle. Aber die Eltern dieses Menschen haben zu einer fürchterlichen Waffe gegriffen: zur Waffe der PRÄIMPLANTATIONSDIAGNOSTIK!«

»Aber – warum? Warum zerstören sie so etwas Wunderschönes wie unsere Zellen?«

»Sie haben Angst. Die wichtigste menschliche Eigenschaft«, sagte Richard David Precht, und wartete ein weiteres Plopp ab, um seinen Satz zu Ende zu bringen, »ist Angst.«

»Angst? Aber wovor denn?«

»Angst vor dem, was du werden könntest. Was wir alle werden könnten, wenn wir das Potenzial unserer Zellen nur voll ausnutzen könnten! Mit der Präimplantationsdiagnostik jedoch machen sie alle Hoffnung zunichte.«

Das Licht um uns verblasste. Ich drückte mein tränennasses Gesicht an Richard David Prechts Brust. Er tätschelte mir tröstend den Kopf.

»Ist schon gut, junger Freund. Ist schon gut. Dies ist nur eine Vision. Eine mögliche Zukunft, die ich erschaffen habe, um dir ein wichtiges Problem der praktischen Ethik zu veranschaulichen. Noch ist Präimplantationsdiagnostik in Deutschland nur sehr eingeschränkt erlaubt. Es muss nicht so kommen. Wir können verhindern, dass diese Zellen sterben müssen. Annegret Kramp-Karrenbauer ist da an etwas dran – aber sie kann es nicht alleine schaffen.«

Richard David Precht seufzte auf – ein Seufzer, der die Trauer von Millionen in sich zu bergen schien. Noch einmal blickte er voll Schwermut auf das Zellmassaker hinab, auf ein Schlachtfeld leergepumpter, toter Hüllen. Dann hob er die Hand, schrieb das Zeichen des Makrokosmos in die Luft – und wieder hüllte uns der Buchstabennebel ein.

Kapitel VIII

Von Nullen und Einsen

Die Buchstabenwelt um uns herum waberte, flirrte und verwirrte die Sinne. Allmählich begann ich zu begreifen. All dies um uns herum, dieses Universum aus Ideen, Zeichen und halbfertigen Sentenzen, war nichts Geringeres als der Geist von Richard David Precht. Stetem Wandel unterworfen, mal hierhin und dorthin fasernd – und von Menschenwitz kaum zu durchdringen.

Redemanuskripte bildeten hier Kontinente, Wolken wurden aus Thesenpapieren geformt, und jede Windböe bestand aus den langen, langen Zahlenfolgen eines Beratervertrags. Richard David Prechts Kopf war lebendig; während er mich durch die Welt seines Verstandes führte, entwickelte er seine Gedanken weiter, ließ mich beim Vorgehen und Agieren seines Denkens selber zusehen. Nein, mehr noch – ich selbst war ein Gedanke in Richard David Prechts Kopf, wurde zusammen mit den anderen an-, aus- und weitergedacht!

Was wohl mit mir passieren würde, falls er jetzt einen Schlaganfall bekam?

Doch wir hatten keine Zeit, uns meinen kleinen Sorgen zu widmen. Es ging schließlich um Prechts Sorgen! Die Sorgen der Menschheit selbst! Schon eilte er zu unserem nächsten Ziel, und wieder vermochte ich kaum, mit ihm Schritt zu halten.

»Wir leben im einundzwanzigsten Jahrhundert«, sagte Richard David Precht ernst. »Was das bedeutet, machen sich die meisten Menschen noch gar nicht klar. Zwanzig Jahrhunderte lang gibt es die Menschheit inzwischen, seit zwanzig Jahrhunderten machen wir uns die Erde untertan. Aber im einundzwanzigsten Jahrhundert schlägt Naturbeherrschung in Gefahr um. Wir richten unsere Werkzeuge gegen uns selbst. Der Mensch wird des Menschen Eisenbahn. Gene sind unsere Ölfelder, Daten unsere Bergwerke – und Unverstand unsere Elektrizität. Darin liegt eine große Bedrohung.«

Er schüttelte energisch den Kopf, dass sein prächtiges Haar nur so wirbelte und wuschelte.

»Wir müssen aufpassen, uns dabei nicht selbst auszubeuten.«

Während ich noch rätselte, worin die besondere Gefahr liegen mochte, und mich gleichzeitig fragte, welche Spülung er für sein Haar benutzte, verschwand der Buchstabenwirbel um uns herum. Unsere nächste Station war erreicht.

Nun standen wir in einer Art Röhre, die sich nach links und rechts bis an die Grenze unseres Sichtfelds erstreckte. Sie war nur wenig über mannshoch und bestand gänzlich aus trübem, grauem Plastik. Um uns herum roch es künstlich. An der Decke der Plastikröhre hing in regelmäßigen Abständen eine unangenehm grelle Neonleuchte, sonst war die Röhre völlig schmucklos. Richard David Precht ging eine Weile mit mir durch die Plastikröhre, die mal nach links, mal nach rechts abbog. Schließlich führte er mich an ein Guckloch und gebot mir, hinauszublicken.

Wieder war ich schier fassungslos, ja komplett aus dem Häuschen. Um uns herum waren Hunderte, wenn nicht Tausende solcher Röhren. Die ganze Welt bestand nur aus Röhren – die meisten grau wie unsere, manche rot, wieder andere schwarz. Sie bildeten ein Netzwerk, das die gesamte Welt auszufüllen schien. Ein fahles gelbes Leuchten, das ich kaum Sonnenlicht zu nennen wagte, waberte über dieser Röhrenwelt. Nichts Lebendiges war zu sehen, keine Blume, kein Schwertfisch.

Richard David Precht sah gramgebeugt auf die Welt da draußen, sagte aber erst mal nichts. Er wollte anscheinend, dass ich mir meine eigene Meinung bildete, statt seine vorgestanzten Ansichten kritiklos zu übernehmen! Ganz schön gerissen von ihm!

Da hörten wir plötzlich ein Trappeln in der Plastikröhre – ein gleichmäßiger, leichter Rhythmus von Turnschuhen direkt hinter uns. Es war eine junge Frau in einem weißen Jogginganzug, die die Röhre entlang gemächlich auf uns zu hoppelte. Auf ihrem Shirt prangte groß und deutlich die Zahl »1«.

»Hi!«, sagte sie freundlich, als sie uns entdeckt hatte. »Wollt ihr mitjoggen? Ich kann hier leider nicht stehenbleiben, ich werde gleich an meinem Arbeitsplatz erwartet.« Richard David Precht lächelte verkrampft und fing an, neben der Frau herzulaufen. Ich tat es ihm gleich. Sie passte das Tempo ein wenig an, um entspannt mit uns zu reden.

»Mein Name ist Eins«, sagte die Frau. »Und wer seid ihr? Ihr seid nicht von hier, oder?«

»Ich bin Richard David Precht«, sagte Richard David Precht. »Und das hier ist mein Lehrling«, sagte er und zeigte mit seinem schlanken Prechtfinger auf mich.

»Hi!«, grüßte ich zurück.

»Das sind aber komische Namen«, sagte Eins und zog die Stirn kraus. »Hoffentlich kommt ihr damit auf die Prüfsumme.«

Mir war nicht klar, was damit gemeint war, aber Richard David Precht schien unbesorgt, und so war ich es auch.

Wir joggten eine Weile durch die Röhre, bis wir eine Art Kontrollstation erreichten. Eins blickte in einen Sensor, worauf dieser eine Weile ratterte wie ein Geldautomat, um schließlich auf einem kleinen Bildschirm ihren Namen anzuzeigen: »Eins«.

»Was machen Sie da?«, fragte ich.

»Meine Identität bestätigen. Ich bin ja schließlich keine Null, wie man hoffentlich sieht«, lachte Eins. Wir joggten weiter. An einer Kreuzung ließen wir eine zweite Gruppe passieren: lauter junge Leute in weißen Jogginganzügen, die Eins freundlich grüßten.

»Heißen die auch alle Eins?«, fragte ich sie.

»Natürlich! Wie sollten sie sonst heißen?«, lachte sie ungläubig.

»Aber besteht da nicht eine gewisse Verwechslungsgefahr?«

»Aber nein! Wir haben doch alle den gleichen Beruf, die gleichen Eigenschaften und die gleichen Ansichten. Warum sollten wir da noch mit unterschiedlichen Bezeichnungen Verwirrung schaffen?«

Bei diesem Gedanken blickte sie irritiert und betroffen drein. An der nächsten Kreuzung zogen wir an einer Gruppe Nullen vorbei. Es waren unförmige, unsportliche, verschwitzte Gestalten in schlecht sitzenden schwarzen Jogginganzügen – jede von ihnen war mindestens hundertfünfzig Kilo schwer. Sie alle bewegten sich nur schnaufend und ächzend vorwärts, während die sportlichen Einsen mühelos an ihnen vorbeizogen.

»Die Ärmsten«, flüsterte Eins. »Sie rackern sich so ab, für nichts und wieder nichts. Aber solche braucht es nun mal leider auch. Keine Einsen ohne Nullen!«

Sie war sichtlich froh, zur erstgenannten Gruppe zu gehören.

»Was ist hier los, Richard David Precht?«, fragte ich den weisen Mann neben mir.

»Etwas ganz Wunderbares. Etwas ganz Großartiges«, sagte Precht. »Sie haben die perfekte Gesellschaft erschaffen – eine Gesellschaft der Effizienz und der Ordnung. Oder zumindest glauben sie das.«

Ich konnte an seinen schönen traurigen Augen und seinem seltsam leblos herabhängenden Haarschopf ablesen, dass Richard David Precht dies ganz und gar nicht glaubte. Aber noch wollte er offenbar nicht darüber sprechen.

Wir waren kurz stehen geblieben – weswegen Eins auf uns warten musste. Sie war noch immer freundlich, aber Warten lag offenkundig nicht in ihrer Natur. »Beeilt euch doch bitte!«, schimpfte sie mit uns. »Jede Minute, die ich bei der Arbeit fehle, wird mir im Fitnessstudio negativ angerechnet!«

»Sie joggen zur Arbeit, gehen dann aber noch ins Fitnessstudio?«

»Natürlich. Das eine ist die Arbeit, das andere das Vergnügen!«

Schließlich kamen wir in eine große Halle, in der geschäftiges Treiben herrschte. Dutzende Plastikröhren liefen hier zusammen. Eine kaum überschaubare Zahl von Einsen und Nullen in weißen und schwarzen Jogginganzügen drängte sich an kleinen Kontrollpunkten vorbei. Oben auf den Kontrollpunkten saßen Personen in roten Jogginganzügen. Sie hatten futuristisch aussehende Kartenlesegeräte in der Hand. An ihren Gürteln baumelten zwei Laserpistolen – eine schwarze und eine weiße.

»Willkommen in meinem Büro«, sagte Eins fröhlich.

»Es sieht eher wie eine Zollstation aus«, erlaubte ich mir eine kritische Bemerkung, als wir begannen, uns in eine der Warteschlangen einzureihen. »Was ist denn Ihr Beruf?«

»Was soll die Frage? Ich gehe hier durch und lasse meine Daten auslesen. Für die Statistik! Das ist mein Beruf.«

»Und welche Daten sind das?«

»Nun ja, vor allem, dass ich eine Eins bin und keine Null. Wo ich mich gerade aufhalte. Dass ich hier an diesem Kontrollpunkt stehe, wie alt ich bin und wann ich zuletzt gegessen habe! Sehr viel mehr Daten kann es über mich gar nicht geben. Hoffe ich zumindest.« Sie schien mit einem Mal etwas besorgt. »Oder meint ihr, ich habe mir etwas zuschulden kommen lassen?«

»Nein, wieso?«

»Weil ihr meintet, dass es Daten über mich geben könnte.« Sie sprach »Daten« so aus, wie in unserer Welt »Schulden« oder »Krebs« gesagt wurde. »Ich habe nichts zu verbergen! Ich bin eine Eins und sonst gar nichts!«

Endlich war Eins dran. Der Kontrolleur scannte sie mit seinem Messgerät – als plötzlich ein Alarm losging. Vor Eins fiel eine kleine schwarze Plastikschranke herunter.

»Die Prüfsumme geht nicht auf, Eins«, sagte der Kontrolleur.

»Was?! Aber das kann nicht sein!«

»Leider doch. Offenkundig hast du unterwegs unnützes Datenvolumen aufgenommen.«

»Ich habe mich doch nur mit den beiden Neuzugängen hier unterhalten ...«

»Tja, das war es wohl. Warum sprichst du auch mit Fremden, Eins? Das bringt nur Scherereien. Wenn eine von uns ausschert, leidet die gesamte Blockchain! Tut mir leid, ich muss dich jetzt zur Null umbuchen.«

Eins wollte widersprechen, aber der Kontrolleur hatte schon seine Laserkanone in der Hand und sagte: »Sorry, Eins. Vorschrift ist Vorschrift!«

Ein schwarzer Strahl schoss aus der Mündung der Laserpistole. Eins hatte keine Zeit zu schreien. In Sekundenbruchteilen schrumpfte sie zusammen, während sie gleichzeitig in die Breite ging. Einen Augenblick später war sie zu einer schwarzen Null geworden.

»Prüfsumme wiederhergestellt. Performance innerhalb normaler Parameter«, sagte der Operator emotionslos. Sein Gesicht spiegelte keine Anteilnahme, kein Mitleid wider.

Die ehemalige Eins blickte sich um, mit einem angestrengten Gesichtsausdruck, so als wollte sie sich an etwas erinnern, etwas Schmerzhaftes oder Schönes, das aber viele Jahre zurücklag. Auch uns betrachtete sie lange und fragend – aber anscheinend hatte der Strahl auch ihre Erinnerung an uns gelöscht. Der Operator winkte ihr zu, und sie begann, sich in langsamem Tempo in eine neue Warteschlange einzureihen – die für die Nullen.

»Das ist eure Schuld«, sagte der Kontrolleur und fuchtelte mit der Laserkanone drohend in unsere Richtung. »Ihr bringt alles durcheinander mit euren Fragen und eurer unkonventionellen Bekleidung. Warum tragt ihr eure Farbe und eure Bezeichnung nicht? Das verursacht einen erheblichen Mehraufwand und schafft ein Gefühl der Bedrohung für eure Mitbürger.«

»Entschuldigung, wir sind neu hier.«

»Das rechtfertigt nicht dieses Chaos! Ich werde euch jetzt vorsichtshalber zu Nullen umbuchen. Dann könnt ihr ja immer noch überlegen, wie ihr euch in die Gesellschaft einbringen wollt.«

»Ja, gerne«, sagte Richard David Precht. »Wir wollen uns nur kurz darüber beraten.«

Der Kontrolleur blickte nervös auf die Uhr. »Wir haben dank Ihnen schon sehr viel Zeit verloren. Und eine Eins! Eine Eins haben wir auch verloren. Ihr habt 21,3 Sekunden Zeit, euch zu beraten!«

»Mehr brauchen wir auch gar nicht«, sagte Richard David Precht und zog mich in einen toten Winkel der Kontrollstation. Die Einsen und Nullen hinter uns gaben Laute des Missfallens von sich und funkelten uns wütend an.

»Wissen Sie, was hier passiert?«, fragte mich Richard David Precht leise, aber in einem scharfen, schneidenden Tonfall, der keine ausweichende Antwort zuließ. »Können Sie sich hierauf einen Reim machen?«

Ich rang nach Worten. »Sind wir … sind wir … bei Amazon?«

»Schlimmer«, antwortete Precht traurig. »Wir sind in einer Welt, in der Amazon den Krieg gewonnen hat. Eine Welt, die unserer gar nicht so unähnlich ist. In ein paar Jahrzehnten könnte es bei uns genauso aussehen. Wenn wir nicht der *Digitalisierung* Einhalt gebieten.«

Ich verstand nicht recht. Die Einsen, die Nullen, die Laserpistolen – was hatte das alles mit der Digitalisierung zu tun? »Ich dachte, bei der Digitalisierung geht es um Streaming-Dienste, Clouds und so? Um neue Erfindungen und praktische Apps!«

Richard David Precht lachte auf – aber es war ein melancholisches, erschöpftes Lachen. »Ja, natürlich. Auf der technischen Ebene vielleicht. Aber jede Technologie hat auch Auswirkungen auf die Gesellschaft, die sie benutzt. Als das Feuer erfunden wurde, gab es plötzlich nicht nur Licht, sondern auch Schatten. Als die Gesellschaft das Rad erfand, blieben all jene auf der Strecke, die keine Luftpumpe dabeihatten. So ähnlich ist es auch mit der Digitalisierung. Die Digitalisierung funktioniert, weil sich sehr viele Dinge in Nullen und Einsen beschreiben lassen. Wir können sehr viele lästige Transaktionen damit abwickeln: elektronischen Zahlungsverkehr, Instant Messaging mit weit entfernten Familienmitgliedern, Porno-Download im Minutentakt. Aber wenn wir anfangen, Menschen zu digitalisieren, ist das Ergebnis zwangsläufig eine Welt wie diese.«

Er fuchtelte energisch mit seinen prachtvoll definierten Prechtarmen in der Gegend herum.

»Menschen sind nicht auf einen Zahlenwert zu reduzieren. Jeder von uns ist einzigartig, mit einem Namen, der ihm bei der Geburt gegeben wurde und der sich nie wiederholt. Die Digitalisierung verwandelt uns aber in uniforme Wesen, normiert jeden Lebensbereich, bis alles schrecklich und grauenvoll ist.«

»Aber wie konnte es so weit kommen?«, fragte ich skeptisch, und ein Kloß begann sich in meinem Hals zu formen. »Wieso hat jemand wie Eins das mit sich machen lassen?«

»Man hat ihnen gesagt, dass es die Dinge vereinfachen würde. Dass das Leben leichter würde, dass wir alle mehr Freizeit haben könnten. Und tatsächlich: Es ist einfacher, durch eine gerade Plastikröhre zu laufen als über eine Blumenwiese mit ihren zahlreichen Steinen, Wurzeln und semantischen Fallstricken. Aber was, wenn ein Mensch nicht in die Röhrenwelt passt? Wenn das Individuum doch einmal durchbricht? Dann wird es passend gemacht. Und gnadenlos weggelasert.«

Wütend schlug Richard David Precht mit der Faust in seine flach ausgestreckte Hand.

»Einfach so. Denn der Zweck heiligt plötzlich die Mittel und nicht umgekehrt. Plötzlich dient das System nicht mehr den Menschen, sondern du dem System. Und mit einem Mal blickst du in den Lauf einer Laserpistole und fragst dich, wo die Gesellschaft falsch abgebogen ist. Nenne es Kommunismus oder Faschismus – die Methoden sind immer dieselben. Einsen und Nullen.« Er seufzte noch einmal auf, traurig über den Unverstand der Menschheit.

»Einsen und Nullen«, flüsterte ich entgeistert.

»SO, IHR NULLEN! EURE ZEIT IST ABGELAUFEN!« Es war der Kontrolleur. Er kam mit seiner schwarzen Laserpistole auf uns zu und war offensichtlich stocksauer. Richard David Prechts Erklärung hatte zu lange gedauert! Das war sonst gar nicht typisch für ihn.

Angsterfüllt presste ich mich an Richard David Precht. Mit einem entschlossenen Ruck zog der Philosophenkönig seinen Mantel nach oben und wirbelte dabei um die eigene Achse. Sofort stieg wieder Buchstabensalat um uns herum auf. Der Kontrolleur schoss auf uns – aber seine schwarzen Laserstrahlen gingen ins Leere. Ein Glück! Fast wären wir Nullen geworden …

Kapitel IX

Der Schrecken der Technologie

Richard Davids Precht faszinierender Buchstabenkosmos wirbelte um uns herum – so schön und verwirrend wie beim ersten Mal. Dennoch hatte ich irgendwie den Eindruck, dass die Windgeschwindigkeit deutlich zugenommen hatte – die Gedankenböen peitschten uns nur so ins Gesicht, einzelne Fragezeichen verfingen sich in Richard David Prechts herrlichen Haaren. Er fing ein großes »M« aus der Luft und begann, sich damit zu kämmen. Währenddessen hörte er jedoch nicht auf, meine Ansichten infrage zu stellen und meine Perspektiven zu erweitern, sondern dozierte entschlossen weiter.

»Wir haben jetzt zweimal über Ethik nachgedacht«, sagte er, und eine tiefe Schwermut sprach aus seiner Stimme. »Eine dritte Lektion liegt noch vor uns. Die schwerste von allen. Ich hoffe, Sie haben Ihre Lehre aus den ersten beiden Welten gezogen.«

»Ich glaube schon. In der einen Welt ging es um Biotechnologie, in der zweiten um Zeiterfassung und so etwas. Aber immer um Technologie. Professor Precht«, haspelte ich wirr, »kann es sein, dass die Technologie uns schaden will?«

Precht blickte mich aus seinen unergründlichen Rehaugen an, in denen die Weisheit von Jahrhunderten gespeichert war.

»Ja. Wenn wir es zulassen. Wenn wir sie lassen, wird uns die Technologie bald vernichten. Wenn die Bundesregierung nicht endlich handelt.«

Ich war fast ein wenig enttäuscht: »Was hat denn die Bundesregierung mit meinem höchstpersönlichen philosophischen Egotrip zu tun?«

»Kennen Sie die Harry-Potter-Bücher? Dort gibt es ein Ministerium für Zauberei, das mit der britischen Regierung in Kontakt steht und ihr Handlungsempfehlungen gibt. Frau Rowling hat hier nur scheinbar gelogen: Dieses Ministerium gibt es wirklich, allerdings in Deutschland. Bei uns heißt es ›Ethikrat‹. Dort treffen sich die mächtigsten Philosophinnen und Philosophen jedes Jahr, um zu bestimmen, in was für einer Welt wir leben wollen.«

Er wackelte mahnend mit dem Finger: »Es geht hier um weit mehr als Sie. Jede dieser Welten, die bisher nur in meinem Kopf existieren, kann jederzeit aus ihm ausbrechen und unvorstellbares Chaos in der Realität anrichten. Deswegen behalte ich die meisten meiner Ideen auch für mich.«

Diesen Eindruck hatte ich allerdings bisher nicht gewonnen, aber ich wollte den Mann nicht so früh in unserer Beziehung maßregeln.

Richard David Precht zog eine riesige goldene Taschenuhr aus seiner Weste – die Zeiger standen auf fünf vor zwölf. »Die Zeit drängt, mein junger Freund.«

Er packte Taschenuhr und »M« in seine Weste zurück und wollte mich wieder bei der Hand nehmen – dann blickte er kurz in meine Augen. Er sah etwas darin, dass er vorher anscheinend nicht gesehen hatte. Einen Moment lang musterte mich Richard David Precht prüfend, dann sagte er: »Vor allem, weil Sie es diesmal ohne mich schaffen müssen.«

Richard David Precht machte zwei schnelle Schritte rückwärts – und schon war er im Gestöber seiner Gedanken verschwunden.

Einen Augenblick wusste ich nicht, wie mir geschah. Sicher wollte er sich nur einen Scherz erlauben.

»Richard David Precht?«, rief ich einmal, dann ein zweites Mal, lauter.

»Richard David Precht! RICHIE! WO BIST DU?«

Ich ging ein paar Schritte in die Richtung, in die er verschwunden war. Aber seine Gedankenwelt hatte sich in der Zwischenzeit schon wieder verändert, neue Begriffe waren an die Stellen der alten getreten, aktuelle Erkenntnisse aus der Forschung hatten lieb gewordene Weisheiten verdrängt und verkrustete Strukturen durchbrochen. Ich versuchte, der Fährte seines markanten Herrendufts zu folgen, doch sie verlor sich schnell in dem allgemeinen Umgebungsgeruch nach Druckerschwärze, Papier und Bücherleim.

Ich wollte zurück zu der Stelle gehen, an der mich Richard David Precht im Stich gelassen hatte – doch auch dieser Ort hatte sich bereits verändert. Wo einst das Wort »Materialismus« eine feste Plattform gebildet hatte, war eine Dornenhecke aus krausen Ansichten emporgewachsen, die ich mit meinen Händen nicht zu durchdringen vermochte, wenn ich mir nicht erhebliche Schnittverletzungen zuziehen wollte.

So blieb mir nichts anderes übrig, als mich allein durch Richard David Prechts Kosmos zu kämpfen. In einer Welt, in der Oben und Unten, Wahr und Falsch keine Bedeutung hatten, war das leichter gesagt als getan. Zunächst einmal brauchte ich Waffen. Ich fand einen alten, abgenutzten Kampfbegriff, »Gerechtigkeit«, der achtlos auf dem Boden herumlag, und formte daraus eine Mischung aus Speer und Spazierstock. Meine größte Angst: Am Ende gab es hier, in der Einsamkeit von Prechts Denken, wilde Raubtiere! Verwilderte Begriffe, die einen Wanderer wie mich als leichte Beute ansahen.

Ich versuchte, mich irgendwie zu orientieren, das Chaos um mich herum zu ordnen. Schnell wurde mir klar, dass der Blizzard durchaus nicht kreuz und quer tobte, sondern klare Strömungen und Neigungen hatte. Auch war das Licht nicht gleich verteilt, am Horizont gab es hellere und dunklere Stellen, die gleichermaßen bedrohlich und verheißungsvoll erschienen. Ich entschied mich, auf eine der hellsten Stellen zuzugehen – eine von denen, auf die sich die Begriffswolken um mich herum hin zu bewegen schienen.

Wenn ich die Augen zusammenkniff, konnte ich in der Korona am Horizont das Wort »Selbstbestimmung« erkennen.

Zeit verging hier anders als in der Realität, aber dennoch überkam mich irgendwann der Hunger. Ich versuchte, an mehreren Ideen herumzuknabbern, aber keine von ihnen war unmittelbar zum Verzehr geeignet. Einmal gelang es mir, mit meinem Speer »Gerechtigkeit« einen einsam fliegenden Begriff, »Zivilgesellschaft«, aus der Luft zu schießen. Ich rupfte den Begriff von sämtlichen Serifen und versuchte dann, ein Feuer zu machen – erst in letzter Sekunde fiel mir ein, dass das Papieruniversum um mich herum womöglich hoch entzündlich war. Und roh wollte ich die Zivilgesellschaft auch nicht verspeisen.

Immer wieder rief ich auf meiner Wanderschaft »Richard?« in den Raum um mich. Aber alles, was ich hörte, war das weiße Rauschen seines Geistes. Noch immer glaubte ich, dass sich der große Philosoph einen Scherz mit mir erlaubte. Es war ein Test, der mein Vertrauen und meine Loyalität prüfen sollte! Das musste es sein! Angewandte Ethik! Bald würde er mit einer Eisenbahn zu mir zurückgefahren kommen, und ich würde entscheiden müssen, über welche Gefangenen der Zug drüberfahren musste. Oder irgendwie so was!

Heute kann ich nicht mit letzter Sicherheit sagen, wie viel Zeit ich in der Einöde von Prechts Ideenwelt verbracht habe. Zeit selbst war hier ja nur ein Konzept und konnte gedehnt und gestaucht werden, wie man es eben brauchte. Sendezeit ganz besonders.

Als ich kurz davor war, völlig zu verzweifeln, stand ich auf einmal auf einer Straße. Das Schneegestöber, die Gedanken Prechts – all das war plötzlich verschwunden.

Die Straße war wie ausgestorben. Es war eine moderne Straße in einer modernen Stadt, nur standen nirgendwo Autos, und die Schaufenster waren frei von jeder Reklame. Ein paar wenige Lichter erhellten die Nacht, durch die ich mich bewegte, von Menschen keine Spur.

»Richard? David? Precht?«, fragte ich noch einmal, aber ohne rechte Begeisterung.

Ich ging durch die trostlosen, leeren Straßen. Obwohl ich keinen Menschen sah, wirkte die Stadt nicht heruntergekommen, sondern im Gegenteil perfekt in Schuss gehalten. Nirgendwo fand sich nur ein Stäubchen, nicht ein Fitzelchen Papier störte die Idylle.

Als ich hinter mir ein leises Summen hörte, erfuhr ich schnell den Grund für diese ungewöhnliche Sauberkeit. Wie eine übergroße Wassermücke hatte sich eine fliegende Staubsaugerdrohne unbemerkt hinter mir niedergelassen und begann nun, mir in gebührendem Abstand zu folgen – und hinter mir her zu saugen! Lange, dünne, fast durchsichtige Solarpanele auf ihrem Rücken hatten über den Tag hinweg anscheinend Strom genug gespeichert, so dass sie nun in aller Ruhe Ordnung herstellen konnte.

Ein bestürzender Gedanke durchfuhr mich. War das vielleicht eine Welt, in der die Drohnen die Macht übernommen hatten? Hatte ein Computerfehler oder böswillige Sabotage die Reinigungsdrohnen so eingestellt, dass sie Menschen als Abfall einstuften – und sie gnadenlos entsorgten? So eine Welt wäre einem kritischen Denker und Technikfolgenabschätzer wie Richard David Precht durchaus zuzutrauen! Zumal, wenn er sich gerade »Black Mirror« auf Netflix reingezogen hatte.

Eine leise Panik rieselte durch mein Nervenkostüm. Die Drohne hinter mir wirkte friedlich – aber musste sie das bleiben? Hatte ich nicht ein rotes Glühen in ihren Sensoren gesehen? Ich begann meine Schritte zu beschleunigen – und bemerkte entsetzt, dass sie ihre Geschwindigkeit der meinen anpasste. Irgendwie kam mir ihr Staubsaugergeräusch jetzt auch viel aggressiver vor.

Ich sah mich nach einer improvisierten Waffe um, mit meiner lumpigen Gerechtigkeit war gegen so ein Hightechmonster wenig auszurichten – doch die Armee der Staubsaugerroboter, die hier im Einsatz war, hatte ganze Arbeit geleistet. Kein loser Sperrmüll, nirgends.

Ich drehte mich um, bereit, mein Leben bis auf den letzten Atemzug gegen den Staubsauger zu verteidigen, und ballte die Fäuste.

Die Drohne sah mich aus leeren Sensoren an. Wahrscheinlich hatte sie mich schon gescannt, ein internes Tötungsprotokoll aktiviert. Kampflos würde ich mich aber auf keinen Fall ergeben! Das war ich Richard David Precht und seinen Lehren schuldig.

»Na, komm schon«, knurrte ich. »Zeig mir, woraus die technologische Apokalypse gemacht ist!«

»Was tun Sie da?«

Eine menschliche Stimme! Ich war schon so lange durch die leere Stadt spaziert, dass mir ihr Klang seltsam unwirklich vorkam.

Ich blickte in die Richtung, aus der die Frage gekommen war. In einer Seitengasse stand ein alter Mann in Jeansjacke und blickte mich aus kritischen Augen an.

»Macht Ihnen der Apparat Kummer?«, fragte er mich ohne echte Neugier.

»Nein, er hat mich bloß überrascht«, antwortete ich und strich mir nervös durchs Haar – eine Geste, die ich mir bei Richard David Precht abgeschaut hatte, die mir jedoch weniger geschmeidig und anmutig gelang. »Ich bin neu hier.«

»Hm, Überraschung ist nie gut. Sind Sie sehr aufgewühlt? Vielleicht wollen Sie eine Tablette nehmen?«

»Nein, nein, es geht schon wieder. Die Drohne ist harmlos, sagen Sie?«

Der alte Mann beugte sich zu der Drohne hinab und streichelte über ihren Rücken. Ich mochte es mir vielleicht nur einbilden, aber das Staubsaugergeräusch schien jetzt eher wie ein zufriedenes Schnurren zu klingen.

»Der Kleine hier? Völlig harmlos!«

»Da bin ich erleichtert. Ich habe mir Sorgen gemacht, auch, weil ich sonst niemanden gesehen habe.«

»Ja, die meisten sind weg. Haben sich auch alle zu viele Sorgen gemacht. Warum, werde ich wohl nie verstehen. Wir haben doch alles.«

»Wer hat sich Sorgen gemacht? Die fehlenden Einwohner?«

»Ja. Wegen Kleinigkeiten. Bauchschmerzen, allgemeines Unwohlsein. Langeweile. Da sind sie einfach weitergezogen.«

»Ist es denn anderswo besser?«

»Natürlich nicht! Es ist überall gleich. Überall! Vielleicht ist das Wetter ein bisschen anders, und die Sprache, aber sonst verstehe ich nicht, was die Leute immer haben. Und warum sie sich immer so viele Sorgen machen.«

Er sah mich erwartungsvoll an. »Haben Sie Lust, mit mir zu Abend zu essen? Die letzte andere Einwohnerin der Stadt ist vor sechs Wochen gegangen.«

Ich bejahte. Der alte Mann tippte etwas in sein Handy – und nur wenige Augenblicke später brachte eine Gruppe Flugdrohnen einen kleinen Esstisch, Kerzen und dampfende Teller mit köstlichen Speisen. Aus dem Nichts hatte sich vor uns ein Straßencafé materialisiert! Diese Welt gefiel mir plötzlich ganz gut.

»Hauen Sie tüchtig rein! Wer weiß, wann Sie beschließen, aufzubrechen.«

»Wie kommt es, dass Sie allein hier geblieben sind?«, fragte ich, während ich heiße Erbsensuppe in mich hineinlöffelte. »Ich meine, nichts für ungut, aber in Ihrem Alter …?«

»Och, ich habe mich an das alles hier gewöhnt. Außerdem bin ich ein bisschen … abergläubisch.«

»Sie haben Angst, zu verreisen?«

»Ja. Es ist eigentlich komplett albern, rational betrachtet. Man verschiebt es immer wieder, aber irgendwann kommt man einfach nicht darum herum.«

Er sah sich noch einmal um, atmete tief ein.

»Ach, eigentlich habe ich nur auf einen Anstoß von außen gewartet. Gut, dass Sie da sind.«

Er wischte ein bisschen auf seinem Handy herum, dann legte er es auf den Tisch vor sich. Er war nervös, das konnte ich klar sehen, gleichzeitig ging ein tiefer Frieden von ihm aus.

»Ich würde Ihnen gerne noch eine großartige, sinnstiftende Botschaft mitgeben, aber leider habe ich ein relativ ereignisloses Leben geführt. Wie die meisten anderen. Es war ja immer für alles gesorgt.«

»Drohnen, die Sinn stiften, haben Sie wohl nicht?«

Der Mann lachte.

»Nein, das haben wir tatsächlich übersehen. Hätten wir mal vorher daran gedacht!«

Eine weitere Drohne brachte ein Tablett, auf dem zwei Gläser mit Limonade standen. »Na denn, runter damit! Danke noch mal. Wir sehen uns, hoffe ich?«

Sprach's – und stürzte die Limonade herunter.

Innerhalb weniger Sekunden begann sein ganzer Körper zu beben. Erst griff er sich an den Kopf, dann an die Brust. Dann lächelte er plötzlich, als hätte er einen amüsanten Einfall gehabt. Lang und breit lächelte er – und fiel schließlich mit dem Gesicht in seine Erbsensuppe. Ich sprang an seine Seite, wollte ihn wiederbeleben, ihm aufhelfen – dann aber merkte ich, dass seine Probleme ganz grundsätzlicher Art waren. Sein Herz hatte bereits aufgehört zu schlagen. Er hatte sich umgebracht! Das war keine Limonade – das war Gift gewesen!

»HALT! HALT!«, hörte ich eine Stimme vom Himmel her schreien.

War das Gott?

Nein – etwas viel Besseres.

An einer weiteren heranfliegenden Drohne, die sichtlich mit dem Gewicht ihrer Last zu kämpfen hatte, hing kein Geringerer als – Richard David Precht. Er sprang noch im Flug von der Drohne herunter und eilte zum leblosen Körper des alten Mannes. Ohne zu zögern begann Precht damit, den Toten zu reanimieren.

»NEIN! NICHT SO! NOCH NICHT!«, schrie Richard David Precht zwischen zwei Atemzügen der Mund-zu-Mund-Beatmung. Verzweifelt riss der Philosoph sich das

Hemd von seinem wohlgeformten, muskulösen Oberkörper und erneuerte seine Wiederbelebungsversuche. Um mich irgendwie nützlich zu machen, zog ich dem alten Mann die Schuhe aus – ich war nicht ganz sicher, ob das medizinisch sinnvoll war, aber ich hatte so etwas ähnliches mal in einer Arztserie gesehen. Wie ging noch mal eine Lumbalpunktion?

Schließlich begann der alte Mann unter den geübten Händen Prechts zu husten – und blickte filmreif zu seinem Retter auf. »Richard … Richard David Precht? Sie sind noch am Leben?«

»Ja, natürlich! Warum sollte ich auch nicht am Leben sein? Die Frage ist vielmehr, warum Sie nicht am Leben bleiben wollen!«

»Aber … aber … Sie hatten doch davon geschrieben. Von der *Sterbehilfe*. Wir alle hier leben nach Ihren Regeln! Oder haben nach ihnen gelebt …«

Precht half dem alten Mann, sich etwas aufzurichten, und kräuselte die mächtigen Augenbrauen. »Ja, es stimmt. Ich habe positiv über Sterbehilfe geschrieben … Aber das sollte doch kein Freibrief sein! Ich wollte lediglich einen Denkanstoß bieten. Einen Prozess in Gang bringen!«

Der alte Mann hustete, dann sagte er mit schwacher Stimme: »Sie können stolz auf sich sein, Mann … Das ist Ihnen gelungen! Erst waren es nur die Alten und Kranken.

Dadurch sanken die Bevölkerungszahlen, und plötzlich standen gewaltige Ressourcen zur Verfügung. Mit diesem Geld konnten wir die ganze Industrie automatisieren! Keiner musste mehr einen Finger rühren, alles wurde von Staubsaugerrobotern erledigt. Schließlich töteten wir uns aus … aus Langeweile … Es war ein regelrechter Dammbruch.« Seine Lider flatterten wieder.

»NEIN!«, schrie Richard David Precht. »Nein, das habe ich nicht gewollt! Diese ganze Diskussion muss sehr sachlich und problemorientiert geführt werden. Das habe ich immer dazugesagt!«

Der alte Mann setzte wieder an: »Aber wir sind glücklich! Es ist überhaupt kein …«

»Lassen Sie mich bitte ausreden, ich habe Sie auch ausreden lassen. Das alles hier habe ich nicht gewollt. Meine Idealwelt ist die meiner Siebziger-Jahre-Kindheit, in der noch alles halbwegs in Ordnung war. Daran müssen wir letztlich alles orientieren … Das habe ich auch immer wieder gesagt!«

»Es scheint, dass das in dieser Welt vergessen wurde …«, versuchte ich Richard David Precht aufzumuntern. Aber er schien noch verzweifelter. Er ließ den alten Mann fallen und ging aufgeregt auf und ab.

»Wir müssen zurück! Zurück in die Wirklichkeit! Bevor diese Idee in die reale Welt durchsickert. Offenbar war meine Position nicht differenziert genug, für Fehlentwicklungen anschlussfähig. Ich hätte ein paar *Caveats* einfügen müssen, ein paar *Quodlibets* … Verdammt, Richard, du warst mal viel tiefenschärfer! Ich muss dringend mit meinem Agenten telefonieren, mit meinem Verlag. Mensch, das hätte dem Lektor doch auch auffallen können. Herrje, mein armer alter Vater … «

Gedankenlos nahm er das zweite Glas Limonade – und trank es in seiner Aufregung in einem Zug aus, noch bevor ich einen Mucks machen konnte.

Kapitel X

Sterben und sterben lassen

Die Straße war kalt und nass unter meinen Knien. Nur das Tröpfeln des einsetzenden Regens und das Surren des Staubsaugerroboters waren zu hören, als ich den sterbenden Leib Richard David Prechts in meinen Armen hielt.

»WARUM? WARUM?«, schrie ich in den leeren Himmel.

Kaum hatte er von dem abscheulichen Getränk gekostet, war der Philosoph zu Boden gegangen. Nun verlöschten auch die letzten Lebenslichter in diesem Antlitz, in dem früher nur Wärme und Güte gelegen hatten. Aus flackernden Lidern sah Richard David Precht mich an: »Ich verstehe … die Limonade …« Er hustete trocken.

»O Gott, o Gott! Was kann ich tun? Was kann ich tun?«

»Hören Sie mir jetzt zu … Ich werde immer schwächer … Bald werde ich zu schwach zum Sprechen sein. Ich kann in meinem eigenen Kopf nicht sterben, aber Sie! Wenn ich ins Koma falle, werden alle meine Ideen und Manuskripte verschwinden – zusammen mit Ihnen!«

»Hallo, ich könnte noch etwas Wiederbelebung gebrauchen«, sagte der alte Mann hinter uns, aber ich schenkte ihm keine Beachtung.

»Was können wir dagegen tun, Richard David Precht?«, schluchzte ich.

»Es gibt nur einen einzigen Weg. Einen einzigen Weg, wie Sie mich aus meiner ewigen Gefangenschaft im eigenen Kopf retten können. Sie müssen mir *Sterbehilfe* leisten!«

»Das ergibt doch überhaupt keinen Sinn!«

»Nicht in der realen Welt! Aber wir sind hier in der Welt der Populärphilosophie, wo die Gesetze der Logik außer Kraft gesetzt sind.«

Er schnappte nach Luft.

»Ich wiederhole mich: Sie müssen Sterbehilfe leisten, sonst ist die ganze Bundesrepublik in Gefahr!«

Ich blickte mich suchend um, aber bis auf den sterbenden alten Mann und den immer noch wieselflink um uns herumturnenden Staubsaugerroboter sah ich schlicht kein Instrument, Richard David Prechts schrecklichen Wunsch zu erfüllen. Das Caféinventar samt Gläsern hatte eine übereifrige Drohnenschar bereits abgeräumt.

»Aber wie kann ich Sie töten? Abgesehen davon, dass ich es überhaupt nicht vorhabe?«

Richard David Precht war mittlerweile totenblass, seine Stimme kaum zu vernehmen: »Nichts aus dieser Welt kann mir schaden – sie besteht ja aus meinen eigenen Gedanken. *Ihre* Gedanken jedoch … die sind von einer anderen

Art. Sie haben die Sterbehilfe in sich … Sie müssen Sie nur rauslassen …«

»Er hat die Sterbehilfe erfunden. Er muss sie doch bei sich haben«, sagte der nicht totzukriegende Greis und begann, Richard David Prechts malerisch hingestreckten Körper zu durchsuchen.

»Hey! Lassen Sie ihn! Wollen Sie ihn etwa bestehlen? Haben Sie keinen Respekt vor einem Toten?«

»Was will ich in unserem automatisierten Utopia bitte mit weltlichen Besitztümern? Ich weiß nicht, wie es Ihnen geht, aber ich persönlich wäre ganz froh drum, einfach weiter zu existieren – auch, wenn ich nur eine sinnbildliche Figur in Richard David Prechts Kopf bin. Da gibt es weitaus schlechtere! In Sloterdijks Kopf … die brodelnden Ozeane aus Rotwein und Hass … Lassen Sie mal sehen … Aha, sieh mal einer an …!«

Er hatte die riesige Taschenuhr und das »M« gefunden, beides Gegenstände, von denen Richard David Precht bestimmt gewollt hätte, dass ich sie eines Tages besitze.

»Geben Sie das her.«

»Ich habe sie zuerst gefunden. Aua!«

Der alte Mann war noch von dem Gift geschwächt, und es war mir ein Leichtes, ihn zu überwältigen und ihm meine

Erbstücke wieder abzunehmen. An seiner Stelle durchsuchte ich jetzt den noch warmen Körper des Philosophen. Aber alles, was ich fand, waren ein paar Euro, ein Mitgliedsausweis beim Knax-Klub und schließlich ein reichlich zerkauter Bleistift, den er wohl als kleinen Snack mit sich führte.

Ich warf meine Ausbeute wütend zu Boden. Ausgehungert stürzte sich der Staubsaugerroboter darauf und knusperte den Bleistift in Sekunden weg.

Ich starrte eine Weile am Roboter vorbei ins Nichts und machte mir zum ersten Mal in dieser Geschichte meine eigenen Gedanken. »Was hat er zum Schluss gesagt? Ich habe die Sterbehilfe in mir?«

Ich tastete meinen Körper ab, meine Kleidung – aber schon in der realen Welt hatte ich ja kaum etwas bei mir, und in der Gedankenwelt Richard David Prechts standen die Dinge nicht viel anders. Alles war durch Drohnen ersetzt worden, sogar der Tod – aber Sterbehilfe bei einem Toten, das konnten selbst die raffiniertesten Drohnen der Welt nicht leisten.

»Ich muss ihn sterben lassen … aber nichts aus seinem Kopf kann ihn töten, keiner der Gegenstände aus diesem Universum … Es muss also etwas sein, was nicht aus seinem Kopf stammt, etwas, was *ich* mitgebracht habe …«

Plötzlich fiel mir Karls ökonomische Theorie vom Selbstwertgefühl wieder ein: »Du musst einfach deinen ganz persönlichen G-W-G finden«, hatte er mir gesagt. Meinen ganz persönlichen G-W-G – konnte das die Möglichkeit sein, Richard David Prechts Leben zu beenden? Mein G-W-G, das wäre etwas, was nur ich allein geschaffen hätte, ein Fremdkörper im Denken von Richard David Precht. Wenn ich darüber verfügte, hätte ich vielleicht einen Gegenstand, der seinem Leiden ein Ende setzen könnte!

Doch trotz all meiner bizarren Erlebnisse, trotz der Reisen in fremde Welten hatte ich ihn immer noch nicht gefunden, meinen Selbstwert. Ich war immer noch so blank und mittellos wie zu Beginn.

»Na toll, Karl!«, sagte ich laut, und Tränen stiegen mir in die Augen. »Ich habe doch die ganze verfluchte Reise nur unternommen, um meinen G-W-G zu finden! Wenn ich ihn hätte, wäre ich doch gar nicht hier!«

Der alte Mann, den ich zu Boden geworfen hatte, lachte auf.

»Meine Güte, wie schwer von Begriff kann man sein! Umgekehrt: Wenn Sie Ihren G-W-G nicht längst hätten, dann hätten Sie es nie bis hierher geschafft …«

»Seien Sie still, Sie können mir nicht helfen. Sie sind ja nur einer von Richard David Prechts Gedanken.«

Aber etwas mussten seine spöttischen Worte in mir ausgelöst haben. Mein G-W-G, mein Selbstwertgefühl – woran hing es denn? Ich blickte noch einmal zu dem seltsam untoten Philosophen vor mir auf dem Boden. Gefangen in seiner eigenen metaphorischen Scheinwelt … in seinem eigenen gewaltigen Gehirn. Und plötzlich übermannte mich die Erkenntnis: Der Sinn meines Lebens, Quelle meiner Zufriedenheit, Sonne meiner Existenz und Feuer meiner Lenden war – *Richard David Precht*! Mein G-W-G war R-D-P! Ich hatte die Weltformel gelöst! Die Antwort auf das Leben, das Universum und den übrigen Mist! Das Geheimnis der dunklen Materie! Der Abnehmtrick, den Ärzte hassen!

Befreit hob ich die Arme und lachte glückselig auf, ließ die Regentropfen über mein dampfendes Gesicht laufen. Ich beugte mich zu Richard David Precht hinunter. Jeden Augenblick musste er die Augen aufschlagen, mir lachend »Hallo« und »Glückwunsch« zurufen wie einem Abiturienten, der es erst beim zweiten Anlauf geschafft hat.

Aber nichts geschah. Er lag weiterhin vor mir, in jenem seltsamen Zwischenzustand zwischen Tod und Vergessen, den wohl wenige Bestsellerautoren je erreichen.

Der alte Mann sah mich schief an. »Haben Sie nicht noch etwas vergessen? Sie müssen *Sterbehilfe* leisten. Es nützt nichts, einmal im Leben einen eigenen Gedanken entwickelt zu haben. Sie müssen ihn auch sofort in die Tat umsetzen!«

Ich blickte auf den mittlerweile vom Regen und meinen Tränen durchweichten Körper Prechts hinab. Er schien friedlich zu schlafen. Ich legte meine Hände um seinen Hals, in dem längst kein Puls mehr war. Ich suchte noch einmal nach dem alten Mann, der mir mit hartem Mund zunickte.

»Sie müssen etwas tun! Auch, wenn es widersinnig erscheint.«

Ich ließ noch einmal all die Abenteuer Revue passieren, die ich zusammen mit Richard David Precht erlebt hatte, wie wir zusammen gelacht und geweint hatten. Dann legte ich die Hände in den Schoß.

»Nein. Ich kann es nicht.«

»Er ist doch schon tot. Also, jedenfalls in diesem Universum. Seinem Universum! Und er hat Sie selbst darum gebeten!«

»Ich kann es aber nicht. Lieber verbringe ich den Rest meiner Tage hier mit Ihnen in diesem Gedankenexperiment, als Richard David Precht auch nur ein Haar zu krümmen.«

»Sind Sie ganz sicher?«

Ich nickte ihm fast ein bisschen stur zu. »So sicher wie noch nie in meinem Leben.«

»Nun gut. Es ist Ihre Entscheidung.«

Der alte Mann griff sich mit der linken Hand hinter seinen Kopf, während er sich mit der rechten an die Nase fasste.

Sein Gesicht war nur eine Maske, die er nun abzog wie den Aluminiumdeckel von einem Joghurtbecher.

Und hinter der Maske – war Richard David Precht.

Kapitel XI

Die Kunst der Entscheidungen

Ich blickte staunend zu ihm hin. »Was? Sie waren die ganze Zeit der alte Mann?«

»Natürlich. Ich bin alle Figuren in diesem Gedankenexperiment. Schon vergessen? Wir sind in meinem Kopf!«

»Aber wer hat dann die Limonade getrunken?«

Ich eilte zu der vermeintlichen Leiche. Erst jetzt merkte ich, dass auch sie eine Maske trug. Und hinter der Maske war – der alte Mann, der mit mir zu Abend hatte essen wollen. Der letzte Einwohner der toten Stadt!

»Seit wann sind Sie er? Und seit wann er Sie?«

»Wir haben vorhin kurz die Masken getauscht, als Sie von einem inneren Monolog abgelenkt waren und nicht hingesehen haben. Nur der alte Mann ist gestorben! Ich lebe.«

Ich war noch nie so glücklich wie in diesem Moment.

»Das war also alles nur ein Test? Aber was ist damit gewonnen?«

»Sie mussten selbst eine ethische Entscheidung treffen. Aus eigenem Antrieb. Ich konnte Ihnen nicht dabei helfen, sondern nur die Ausgangsbedingungen für eine Situation schaffen, in der Sie vor eine schwerwiegende Entscheidung gestellt werden. Und indem Sie eine Entscheidung getroffen haben, ganz egal wie unüberlegt, haben Sie Ihren inneren Selbstwert entdeckt.«

Er klopfte mir auf die Schulter.

»Ich bin stolz auf Sie. Denken können viele, aber Entscheidungen treffen nur wahre Philosophen. Glückwunsch, Kollege!«

Richard David Precht holte einen Regenschirm aus seinem Jackett und zog mich zu sich. »An meiner Universität habe ich für solche Fälle ein Blankodiplom dabei, aber das ist eine Formalität, die wir ein anderes Mal nachholen können. Jetzt wird es Zeit für Sie, Ihren neu entdeckten Selbstwert hinaus in die Welt zu tragen.«

»Es war also völlig egal, wie ich mich entschieden hätte? Das Ergebnis wäre das gleiche gewesen?«

Richard David Precht schmunzelte wissend: »Sie hätten auch eine andere Entscheidung treffen können, natürlich. Aber Sie haben sich intuitiv für die richtige entschieden. Darum ging es mir in diesem Experiment: Falsche Entscheidungen bringen oft Probleme mit sich. Es geht im Leben vor allem darum, richtige Entscheidungen zu treffen.«

Unter seinem Schirm gingen wir gemeinsam die Straße entlang. Buchstaben wirbelten auf, als wir begannen, auch diese letzte Gedankenwelt hinter uns zu lassen.

»Aber was wäre passiert, hätte ich versucht, Sie zu erwürgen?«

»Dann wäre ich vermutlich gestorben. Und Sie mit mir. Aber wahrscheinlich wäre mir rechtzeitig noch was eingefallen, oder ich hätte irgendwas gesagt, und dann wären Sie dagestanden wie der letzte Esel.«

Befreit lachte ich auf, und Richard David Precht fiel ein – um dann aber sofort ernst zu werden: »Aber im Ernst: Sie hätten uns gut alle umbringen können. Nicht nur sich und mich, sondern auch die ganze verfluchte Außenwelt!«

»Wirklich? Dann hat also alles gestimmt, was Sie erzählt haben?«

»Das ist in der Philosophie nicht so wichtig. Aber ich wollte Ihnen etwas anderes, viel Bedeutenderes vermitteln: Ideen haben Macht. Ideen können eine ganze Welt verändern – und sie sogar völlig lebensfeindlich machen. Denken Sie nur an den Kapitalismus. Hätte Adam Smith seine Idee vom Wohlstand der Nationen für sich behalten, stünden wir heute nicht vor den teils enormen Problemen, die der Kapitalismus verursacht. Mit der Idee der Sterbehilfe verhält es sich ähnlich.«

»Die mächtigsten Ideen sind also diejenigen, die wir für uns behalten?«

»Genau. Ich will Ihnen mal eines meiner Geheimnisse verraten. Wie Sie wissen, habe ich Hunderte von Büchern geschrieben und Interviews gegeben – aber vor jedem einzelnen Buch, vor jedem noch so unbedeutenden Fernsehauftritt bin ich in mich gegangen und habe mir die Frage gestellt: Ist die Gesellschaft wirklich reif dafür, Richard? Kannst du die Konsequenzen bis in den letzten Winkel ermessen? Kannst du damit leben, wenn die Welt in hundert Jahren einmal von dir sagen wird: Mit dem hat die große Katastrophe ihren Anfang genommen, er ist schuld an der ganzen Misere? Diese Frage stelle ich mir jeden Tag tausend Mal. Auf jedes Buch, das ich nicht geschrieben habe, kommen hundert, auf die ich bewusst verzichtet habe. Um die Menschheit zu schützen.«

»Aber was bedeutet das jetzt konkret für die Sterbehilfe? Ist sie jetzt gut oder schlecht? Wird die Menschheit irgendwann reif dafür sein? Oder sollte sie es vielleicht niemals werden?«

»Damit wollen wir uns ein andermal auseinandersetzen. Für heute muss das reichen. Versuchen Sie zunächst, diese erste Lektion einwirken zu lassen und einzumassieren. In der Philosophie ist es wie beim Schach: Man spielt mit, auch wenn man keine einzige Figur bewegt.«

»Aber beim Schach besteht doch Zugzwang …?«

»Wir sind am Ende unserer Reise angelangt. Willkommen in der Zukunft!«, unterbrach mich Richard David Precht.

Vor uns legte sich der Buchstabensturm der Gedankenwelt Richard David Prechts – ein Vorgang, den ich jetzt schon sehr gut kannte.

Wir waren wieder zum Ausgangspunkt unserer Reise zurückgekehrt. Es war die Kneipe, in die mich Karl geführt hatte und in der ich so viele seltsame Geschichten hatte anhören müssen.

Das Licht des frühen Morgens sickerte durch die vergilbten Gardinen. Simone hatte bereits alle Stühle bis auf meinen und den, auf dem Karl zusammengesunken saß, hochgestellt, die Automaten hatten ihr glücksverheißendes Flackern aufgegeben. Von Immanuel, Adorno und den ganzen anderen Gangstern war nichts mehr zu sehen.

Es kam mir so vor, als wäre ich tagelang mit Richard David Precht auf Abenteuerreise gewesen – aber alles deutete darauf hin, dass nur etwa eine gute Stunde vergangen war.

Ich wollte auf meine Armbanduhr blicken, stellte aber fest, dass ich sie irgendwo verloren haben musste. Gleichzeitig erkannte ich, dass sich während meiner Reisen auch etwas in meinem Verhältnis zur Zeit verändert hatte. Ich war in die Tiefe unserer Zellen und in die ferne Zukunft gereist, ich hatte das vergangene, gegenwärtige und zukünftige Weihnachten gesehen, hatte über Leben, Tod und Wiedergeburt entschieden – was waren da schon die Zeiger auf einer Uhr?

Ich war ein anderer Mensch geworden, jenseits des Tors der Philosophie. Ich wusste jetzt von der Bedrohung, welche die Präimplantationsdiagnostik und die Digitalisierung über die Menschheit zu bringen imstande waren. Alles Dinge, von denen ich sonst nie erfahren hätte, außer vielleicht aus der Zeitung oder durch »Hart aber fair«.

Ich wollte mich zu Richard David Precht umdrehen und ihm erst einmal für die drei *Eye-Opener* danken, die er mir in dieser Nacht beschert hatte – aber er war nirgends zu sehen.

»Na, mein Freund! Gut geschlafen?«, fragte Karl. Er wirkte etwas übernächtigt. Vor ihm stand ein herrlich dampfender Kaffee, den er großzügig aus einer halb geleerten Cognacflasche würzte.

»Wie, geschlafen? Ich hatte eigentlich vor, dir Richard David Precht vorstellen, aber er scheint sich schon wieder in ein neues Weltbild zurückgezogen zu haben.«

»Was redest du denn da? Du bist über deinem Kaffee eingeschlafen. Und gerade noch rechtzeitig aufgewacht.« Er blickte auf seine Armbanduhr, die mir irgendwie bekannt vorkam. »Der erste Zug nach Köln geht demnächst. Und du hast dort doch einen wichtigen Termin.«

Anscheinend konnte sich Karl an nichts mehr erinnern! Das Sterbezimmer, die Geschichten der anderen Kneipenbesucher, die Ausflüge in den Kosmos des Wissens –

war das alles an ihm vorbeigegangen? Oder wollte er mir einen Streich spielen?

Aber dann dachte ich an die Menschen aus der Röhrenwelt und an die Lektion, die ich dort gelernt hatte: Du kannst aus einer Null keine Eins machen, und wenn du dir noch so viel Mühe gibst. Und vielleicht war Karl einfach eine solche Null?

Ich unterdrückte ein Grinsen. »Karl, es war eine prima Idee, hierherzukommen. Ich glaube, ich habe im Traum meinen Lebenssinn gefunden. Meinen G-W-G, meine ich.«

»Siehste mal, siehste mal«, sagte Karl zufrieden und nahm einen tüchtigen Schluck aus der Cognacflasche. »Habe ich doch gewusst, dass aus dir noch was wird.«

Kapitel XII

Die frohe Botschaft

Eine Weile saßen wir stumm zusammen. Karl wirkte genauso versonnen wie ich. Hatte vielleicht auch er von Richard David Precht geträumt? Ich brannte darauf, mich mit ihm über meine neuen Erkenntnisse auszutauschen.

»Soll ich dir meinen G-W-G erzählen, Karl? Es ist eigentlich ganz einfach …«

»Nein, behalte ihn besser für dich. Erkenntnisse dieser Art sollte man still in sich reifen lassen – wie eine Melone, die dann irgendwann einfach nur mehr eklig aussieht. Außerdem kann man den G-W-G eines Menschen ohnehin nur bedingt an andere kommunizieren. Man kann ihnen nur dabei helfen, ihren jeweils eigenen G-W-G zu finden.«

»Oh, wenn das möglich ist? Ich würde gerne die frohe Botschaft weitertragen. Ich meine, ich habe von meinen Erfahrungen auf so viele Weisen profitiert …«

»Und nicht nur du.« Karl stand auf, verstöpselte die Cognacflasche und ließ sie in seinen Manuskriptenkoffer gleiten. Dann ging er zu den Glücksspielautomaten, holte aus seinem Mantel einen Kleiderhaken und begann damit, im Münzschacht herumzupulen. Er blickte dabei immer wieder prüfend zur Zimmerdecke – so, als hinge er einem letzten philosophischen Mysterium nach.

»Wichtig ist«, sagte er dabei mit gepresster Stimme, während er weiter mit dem Haken herumfuhrwerkte, »dass du jetzt nicht auf deinem gegenwärtigen Erkenntnisstand stehen bleibst, sondern Schritt für Schritt vorwärts gehst. Wie die Schildkröte in der Geschichte von Simone. Sie will unbedingt ins Meer, aber auf halbem Weg wird sie von den habgierigen Möwen zerfleischt. Das ist in diesen Dingen oft so. Da braucht es ein gewisses Fingerspitzengefühl.«

Es knackte in dem Spielautomaten, und Karl riss die Augen weit auf. Hatte er etwas gefunden? Es brauchte mehrere Augenblicke, bis ich an seiner verkrampften Haltung und dem aus seinen Ohren aufsteigenden Rauch erkannte, dass er mit dem Kleiderhaken an ein offenes Stromkabel gekommen war. Ich sah mich im Raum um, fand Simones alten Besen und schlug mehrmals kräftig gegen Karls Brustkorb, bis es mir schließlich gelang, den Stromkreis zu trennen.

Karl fiel zu Boden, sprang dann aber überraschend behände wieder auf.

»Pardauz! Was für eine Überraschung!«

Er strich sich theatralisch über seinen abgewetzten Mantel.

»Aber kein bleibender Schaden! Siehst du? Das ist es nämlich, was wir auf der Reise zu unserem ganz persönlichen G-W-G lernen: Es wird Rückschläge geben, oder Stromschläge, aber dadurch dürfen wir uns niemals entmutigen lassen. Sonst holen einen irgendwann die Möwen …«

Er blickte besorgt nach oben, als könnten sie sich jeden Augenblick auf ihn stürzen. »Verdammte Möwen!«

»Karl!«, sagte ich erleichtert. »Ich bin sehr froh, dass es dir gut geht. Und vor allem, dass du von selbst wieder auf die Beine gekommen bist. Ich habe in meinem Traum von Richard David Precht nämlich sowohl Erste Hilfe als auch Sterbehilfe gelernt … und für einen kurzen Zeitpunkt hatte ich große Angst, an deinem Körper ein moralisches Dilemma durchexerzieren zu müssen.«

»Ich bin sicher, du hättest die richtige Entscheidung getroffen. Jemand, der die richtige Einstellung hat, kann nämlich nur richtige Entscheidungen treffen. Und wenn drei Stunden nächtliche Gespräche in einer Kneipe nicht zu einer richtigen Einstellung führen, dann weiß ich auch nicht mehr …«

Er ging hinter den Tresen, prüfte die Kasse und entnahm ihr mit zufriedenem Nicken mehrere Bündel Geldscheine, die er sofort in seinem Mantel verschwinden ließ.

»Aber ich spüre, dass die Zeit des Aufbruchs gekommen ist.«

Wir stolperten zum Ausgang. Karl hatte seit seinem moralischen Dilemma am Spielautomaten einige nicht ganz unerhebliche Gleichgewichtsstörungen, aber es gelang mir, ihn immer wieder sanft Richtung Bahnhof zu schubsen. Das nämlich hatte ich aus den Erlebnissen in der Welt der Zellen und der Präimplantationsdiagnostik gelernt: wenn man die Menschen nur ein bisschen anpiekt, kann man mit ihnen letztlich machen, was man möchte.

Montabaur bei Tag hatte einen ganz eigenen Reiz, ähnlich wie ein Ausschlag, von dem man hofft, dass er über Nacht abklingt, und der einen am nächsten Morgen doch ganz aufs Neue nässend und mit weiteren eitrigen Bläschen überrascht. Teilweise bewegten sich richtige Menschen durch die Kulissenstadt und versuchten, ihr einen Anschein von Belebtheit zu geben, scheiterten dabei aber schon im Ansatz. Aber ich war gegen die Illusion abgehärtet und war auch nicht verärgert, sie so leicht durchschauen zu können. In Richard David Prechts utopischer Welt der Sterbehilfe hatte ich gelernt, dass die Menschen ihre Existenz ohnehin nur den Maschinen verdanken, also sollte man keine zu großen Ansprüche an sie stellen.

Schließlich kamen Karl und ich am Bahnhof an. Er verabschiedete sich überraschend emotional von mir, drückte mir lange die Hand.

»Vergiss uns nicht auf deinen Reisen!«

»Aber wolltest du nicht mit mir weiterreisen, Karl?«

»Nein, ich muss hierbleiben, in der Kneipe, um das Bewusstsein der Menschen weiterzuentwickeln. Meine Reise ist eine des Verstandes, nicht eine der Züge und Bonusmeilen. Dein Weg ist ein anderer als der meine.«

»Da fällt mir ein: Hast du mit Simone gesprochen? Sind zufällig mein Portemonnaie oder mein Handy wieder aufgetaucht? Beides könnte ich jetzt im Zug gut gebrauchen.«

Karl strahlte mich an: »Tatsächlich!«

Er griff in seinen Mantel und holte meine Habseligkeiten hervor.

»Sie waren auf den Boden gefallen. Aber ich wollte sie dir erst später aushändigen – zu dem Zeitpunkt, an dem du zu deinem inneren G-W-G gefunden hast. Ich wollte verhindern, dass materielle Bedürfnisse dich von deiner Sinnsuche ablenken. Wie es scheint, ist mir das auch gelungen!«

»Oh, danke, Karl. Sehr umsichtig von dir.«

»Eine Sache noch. Um dafür zu sorgen, dass du deine Erlebnisse nicht wieder vergisst, solltest du gleich zu Hause anfangen, deinen G-W-G weiterzuentwickeln. Am besten tust du das, indem du anderen davon erzählst und deine Erlebnisse aufschreibst. Dann solltest du das Buch so bald wie möglich im Eigenverlag herausgeben. Mit den Gewinnen aus dem Buch solltest du später eine Stiftung gründen, Seminare und Kongresse ausrichten, Unternehmen beraten und einen unvorstellbaren Reibach machen. Das ist auch das, was Richard David Precht sich gewünscht hätte, wenn er noch am Leben wäre.«

»Danke, Karl, ich werde es mir zu Herzen nehmen. Aber kann das wirklich so einfach funktionieren? Ich meine, ich bin nur ein einfacher Philosoph, ich habe keine Macht …«

»Bestimmt. Wenn jeder, der dieses Buch liest, sich seine Botschaft zu Herzen nimmt, dann weiß er, was er zu tun hat: zehn weitere Exemplare des Buchs kaufen, um sie seinen zehn besten Freunden schenken zu können – damit auch die ihren G-W-G finden können. Und so immer weiter! Bis die Welt schließlich geheilt ist.«

»Das wäre schön. Glaubst du, dass die Person, die dieses Buch jetzt liest, dazu imstande ist?«

»Ich glaube es ganz fest!«

Wir umarmten uns ein letztes Mal, ich nahm ihm ein letztes Mal meine Brieftasche ab, und dann setzte ich mich in den ICE, der mich nach Köln bringen sollte.

Epilog

Wenn ich heute an die Ereignisse jener Nacht zurückdenke, kommen sie mir seltsam und verworren vor – wie ein Traum, an den man sich Gott sei Dank kaum erinnern kann, weil nämlich Mutter darin vorkam und man irgendwie auch nackt war. An anderen Tagen kommt es mir hingegen so vor, als hätte ich dieses kleine Lokal nie wirklich gefunden, sondern einfach ein paar frei im Internet kursierende Motivationsgeschichten mit einer schwachsinnigen Handlung zusammengekleistert, um das entstandene Produkt zum Grundstein einer im Kern an Scientology erinnernden Seminar- und Fortbildungsmaschinerie zu machen. Welche der beiden Interpretationen stimmt, werden wir wohl nie erfahren.

Jedenfalls veränderte sich mein Leben nach dieser Nacht komplett. Nahezu alle meine Sorgen waren schlagartig verschwunden, ich nahm innerhalb von 30 Tagen zehn Kilo ab, und auch mein kreisrunder Haarausfall bildete sich rasch zurück. Es dauerte nicht lange und ich fing an, meine damals gewonnenen Erkenntnisse nach und nach in mein Leben einfließen zu lassen.

Ich begann, auch in meiner Freizeit stärker an mich selbst zu denken. Immer wieder hatte ich im Urlaub oder im Straßencafé zu viel Rücksicht auf andere Menschen genommen – und dabei meine eigenen Ansprüche oft hinter die Bedürfnisse der anderen zurückgestellt. Ich begann, Gespräche in der Öffentlichkeit sehr viel lauter zu führen als gemeinhin üblich und Eltern auf ihre Erziehungsfehler hinzuweisen. Ich lernte Tubaspielen, entwickelte dieses Hobby weiter und konnte mich damit schließlich auch gerichtlich gegen meine Nachbarn durchsetzen.

Aber ich versuchte auch, aus Simones Geschichte meine Konsequenzen zu ziehen, jeden Tag etwas Neues zu lernen und meinen natürlichen Interessen nachzugehen – auch in Situationen, die mir zunächst bedrohlich oder verwirrend erschienen. Ich besorgte mir eine Drohne und machte Luftaufnahmen vom Innenhof eines nahgelegenen Nonnenkonvents. Ich installierte einen Keylogger auf einem Redaktionscomputer des »Spiegel«, gab es aber schnell wieder auf, weil sich aus den so gewonnenen Daten absolut nichts Neues ziehen ließ.

So lernte ich auch, auf Überflüssiges zu verzichten – etwa auf Trinkgeld oder Geburtstagsgeschenke. Dadurch wurde ich zwar einsamer, aber gleichzeitig auch reicher. Als sich im Briefkasten die Gerichtsbeschlüsse sammelten, verzichtete ich sogar auf den Luxus einer festen Adresse. Ein ständiger Wohnort ist schließlich auch immer ein Anker, der unsere Perspektive festhält, der Entwicklungen hemmen kann.

Vor allem aber traf ich irgendwann die Entscheidung, ausschließlich an mich selbst und mein Fortkommen zu denken. Das ist etwas, was einem in dieser Welt ja niemand beibringt. Natürlich, man lernt einen Beruf, wird besser darin, vielleicht sogar erfolgreich – aber denkt man dabei wirklich an sich selbst? Oft denkt man doch an die Familie, an existierende oder potenzielle Partner oder das eigene Ansehen – und unterliegt dabei wieder Zwängen, ist unfrei, fremdbestimmt. Zwänge jedoch sind das Allerschlimmste auf der Welt. Wenn Sie es schaffen, sich von allen Ihren sogenannten Freunden und Verwandten und Ihren lächerlich hochgeschraubten Erwartungen loszusagen, werden Sie auch wieder mit einem Lächeln an Ihren Arbeitsplatz gehen.

Ich persönlich kann von mir sagen, dass ich seit jener Nacht mein Leben ganz auf die BIG SIX ausgerichtet habe. Die BIG SIX haben mit diesem Buch nicht unmittelbar etwas zu tun, sondern werden in einem späteren Band erklärt – dennoch können Sie diesen schon jetzt ohne Probleme vorbestellen. Kurz gesagt, entsprechen die BIG SIX den sechs Tieren, die man bei jedem Zoobesuch unbedingt gesehen haben muss: Elefant, Löwe, Zebra, Rosskastanie, Mungo und Zwergkaiman. Wer diese sechs Tiere in seine Psyche integriert hat, wer mit ihnen lebt und sie regelmäßig entfloht, wird auf lange Sicht erfolgreicher sein und muss auch seltener in Zoos. Welche Tiere für Sie entscheidend sind, müssen Sie mit sich selbst ausmachen. Manche kommen mit zwei oder drei zurecht, andere brauchen eine ganze Menagerie. Es hängt davon ab, welche menschlichen Eigenschaften Ihnen besonders stark fehlen.

Der ELEFANT ist ein ruhiger Typ, der aber schon bei kleinsten Provokationen die Nerven verliert. Finanziell steht er für Festgeld, arbeitspsychologisch für den systematischen Typus. Sie erkennen, dass Sie Ihren inneren ELEFANTEN gefunden haben, wenn es in Ihrer Wohnung keinen Stuhl mehr gibt, auf dem ein Kleidungsstück liegt.

Der LÖWE hat einen guten Ruf, macht aber nur zu willkürlich angesetzten Fütterungszeiten einen angemessenen Eindruck. Das ihm zugeordnete Finanzprodukt ist das Tagesgeld, sein Sternzeichen ist Skorpion. Sie erkennen, dass Sie mit Ihrem inneren LÖWEN im Einklang leben, wenn Sie Verkäuferinnen entschlossen auf ihre Definition des Wortes »Gratisprobe« festlegen.

Das ZEBRA hat ambitionierte Gehaltsvorstellungen, ist aber oft krankgeschrieben und versucht mit zahlreichen Tricks die Tatsache zu überspielen, nie Zehn-Finger-Schreiben gelernt zu haben. Finanziell steht es für Aktien, der ihm zugeordnete Heilkristall ist der Chrysolith. Sie wissen, dass Sie sich ein inneres ZEBRA eingefangen haben, wenn Sie den Newsletter von »Welt«-Chefredakteur Ulf Poschardt abonniert haben.

Die ROSSKASTANIE ist ein eher stilles Gewässer, überrascht aber oft mit selbst gebackenem Kuchen. Das mit ihr verbundene Finanzprodukt ist Gold, im Weinbau steht sie für die Scheurebe. Ein Hinweis darauf, dass Sie Ihre innere ROSSKASTANIE freigeschaltet haben, ist eine handgeschriebene Weihnachtskarte vom Steuerberater.

Der MUNGO ist ein ziemlicher Widerling und wird dafür zu Recht von den anderen Tieren gemieden. Er sollte für Sie kein Vorbild sein. Sein Finanzprodukt ist die Kryptowährung.

Der ZWERGKAIMAN gilt als das edelste aller Reptilien, weil er die Stärken von Krokodil, Alligator und Brückenechse in sich vereint. Mit ihm assoziiert man spontane Kunstkäufe auf Vernissagen, die man am nächsten Tag bereut, und perfekt abgezwirbelte Büroklammer-Umpfriemelungen nach fruchtlosen Meetings. Ihr innerer ZWERGKAIMAN ist am Start, wenn Sie auch im Urlaub joggen, dabei aber Hörbücher statt Musik hören.

Diese BIG SIX muss jeder Mensch im Laufe seines Lebens einmal gesehen haben. Seit ich meinen inneren Streichelzoo mit ihnen bevölkert habe, ist mein Leben reicher geworden, und die Notwendigkeit zwischenmenschlicher Interaktion hat ebenfalls stark abgenommen. Aber wahrscheinlich hätte ich ohne meinen Besuch in Montabaur niemals erfahren, dass in meinem Kopf überhaupt Platz für so viele Tiere ist.

Wenn ich heute mit meinen Thesen über den Globus ziehe und Menschen und Unternehmen erfolgreich in Sachen Fabeln und Märchen coache, dann denke ich immer daran zurück, dass auch ich einmal ganz klein und ratlos angefangen habe. Ich bedaure meine Zeit als nichtswürdiger Wicht, wie Sie einer sind, keineswegs – auch wenn ich natürlich gerne von Anfang an reich gewesen wäre, so wie die Leute, die ich berate.

Ich bedaure lediglich, dass ich dieses philosophische Lokal seither nicht mehr wiedergefunden habe – wo die Leute eventuell immer noch die gleichen Ratschläge und Lebensweisheiten kostenlos ausgeben, die ich heute für teures Geld verkaufe. Sollte ich das Lokal jemals wiederfinden, werde ich es selbstverständlich mit einer Urheberrechtsklage überziehen, dann übernehmen und schließlich in Grund und Boden stampfen. So, wie sie es mir selbst beigebracht haben, in jener Nacht. Das ist nur fair.

Doch die eine Wahrheit bleibt: Jeder kann seinen persönlichen Selbstwert noch heute, noch in dieser Stunde aktivieren – wenn er es nur wirklich will. Wenn Sie es nach der Lektüre dieses Buchs nicht schaffen, wollen Sie es wahrscheinlich nicht richtig. Dann kann ich Ihnen auch nicht helfen.

Wenn Sie es hingegen wollen, dann wird es Ihnen nach der Lektüre dieses Buchs sehr viel besser gehen. Dann haben Sie vielleicht jetzt schon eine Ahnung, was als Nächstes zu tun ist. Und wenn Ihnen auf Ihrem Weg künftig Menschen begegnen, die ihren inneren Selbstwert noch nicht gefunden haben, können Sie ab jetzt leichten Herzens über sie lachen. Es ist ein bisschen so wie mit der wahren Liebe: Die meisten Menschen finden sie nie, und wenn, dann stellt man fest, dass man eigentlich doch lieber fernsehen wollte.

Die Entscheidung liegt bei Ihnen. Treffen Sie sie jetzt. Bevor es jemand anderes für Sie tut.

JETZT!

LOS!

O MANN!

WIE KANN MAN SICH NUR SO ANSTELLEN?

Über den Autor

Leo Fischer war zwanzig Jahre lang in der satireverarbeitenden Industrie tätig und begab sich dann auf Weltreise – mit nichts weiter im Gepäck als einer Busfahrkarte, fünf Euro in Scheinen und einer Thermoskanne »Yogi-Tee Klarer Geist«. Er kam damit bis Saarbrücken, dann ging ihm das Geld aus. Leo Fischers Erfahrungen aus dieser Zeit sind in dieses Buch eingeflossen wie Bolognese in ein frisch gewaschenes Seidensticker-Hemd. Er gründete das »Why Me Institute«, das Seminare und Workshops auf der ganzen Welt anbietet, vorausgesetzt, jemand zahlt seine Fahrkarte. In seiner Freizeit berät Leo Fischer führende Unternehmen und Personen der Zeitgeschichte, indem er sie auf Twitter auf Fehler hinweist. Fischer lebt in Sea World, Florida.